HOMME INVISIBLE À LA FENÊTRE

Monique Proulx

HOMME INVISIBLE À LA FENÊTRE

roman

Boréal/Seuil

Les Éditions du Boréal sont inscrites au Programme
de subvention globale du Conseil des Arts du Canada.

L'auteur remercie le Conseil des Arts du Canada
et le ministère des Affaires culturelles pour leur soutien.

Conception graphique : Gianni Caccia
Illustration : Daniel Sylvestre

Diffusion au Canada : Dimedia
Diffusion en Europe : Les Éditions du Seuil

Données de catalogage avant publication (Canada)
Proulx, Monique, 1952-
    Homme invisible à la fenêtre : roman
    ISBN 2-89052-528-7
    I. Titre.
PS8581.R6883H65   1993   C843'.54   C93-096237-0
PS9581.R6883H65   1993
PQ3919.2.P76H65   1993

à Yves Bussières,
centre du monde malgré lui

PORTRAIT D'UN VERNISSAGE

C'est un tableau impressionnant. Il fait cent mètres de long et presque autant de large. Il héberge toutes sortes de créatures antagonistes, du mort et du vivant, des orchidées et du verre, des fougères et des perles, des bêtes énormes qui se tiennent prostrées sous des lumières, des hommes et des femmes qui essaiment partout.

Il faut regarder les bêtes les premières : elles prennent toute la diagonale du tableau, illuminées par des lampes à halogène. Elles sont une cinquantaine, luisantes, noirâtres, assemblées par un généticien farceur : des têtes de rongeurs surplombent des torses de singes, des portions de mammifères s'accouplent avec des lépidoptères immenses, des oiseaux prodigieux disparaissent sous des avalanches de poils. Toutes les espèces y semblent représentées, amalgamées cruellement, livrées au gigantisme et au hasard.

Mais ces créatures terrifiantes ne terrifient pas. On voit tout de suite qu'il s'agit d'art, et l'art comme on le sait est inoffensif. Les monstres ne sont que des sculptures inanimées, plus immortelles que mortes puisqu'elles n'auront jamais à passer par le goulot stressant de la vie. Elles ne font mine ni de manger, ni de combattre, ni de copuler, aucune de ces activités essentielles auxquelles leur statut de bêtes devrait les condamner, elles se contentent de se tenir debout parmi des végétations fictives et elles regardent ceux qui rôdent parmi elles.

Ceux qui rôdent parmi elles sont des hommes et des femmes, traités de façon très figurative, avec une profusion de détails délicats. Et l'on se rend compte, un peu tardivement, que tout ce temps l'œil était distrait pour mieux être secoué, que le sujet véritable du tableau n'est pas ces créatures monstrueuses égarées dans de folles végétations que la lumière inonde, mais les autres, les petits, les gracieux et papillonnants, les éphémères perdus dans des clairs-obscurs qui leur arrachent des expressions dramatiques à la Caravage, les admirables et fragiles êtres humains.

Si esthétiques et perfectionnés, si vivants. Le peintre leur a donné peu de lumière pour exister, mais ils s'emparent de tout, de l'espace, du regard, ils sont éblouissants. Beaucoup sont vêtus de tissus fluorescents qui vainquent la pénombre, plusieurs rient en montrant les dents, quelques-uns montrent les dents en grignotant des choses minuscules qui disparaissent dans leurs mains, mystérieusement prolongées par des coupes. Ils se faufilent parmi les monstres comme parmi des animaux familiers, avec indolence. Les êtres humains de ce tableau ne sont pas écrasés par l'existence. À les regarder entremêler ainsi leurs peaux bronzées et leurs yeux brillants, l'on se dit qu'il s'agit d'une espèce pacifique et affable, assurément douée pour le bonheur.

Le plus remarquable de ces personnages contraste cependant avec la gaieté colorée des autres. C'est un homme grand et mince, noir de la tête aux pieds, avec des îlots de chair pâle qui émergent parcimonieusement des ténèbres. Il s'appelle Gérald Mortimer. C'est un artiste, on le voit à l'aura douloureuse qui se répand autour de lui. Il occupe une position privilégiée, l'extrême gauche du tableau, point de convergence des regards et des lignes géométriques. On peut lire sur le beau visage lugubre de Gérald Mortimer qu'il se fout complètement des regards et des lignes géométriques. Sans doute est-il l'auteur des sculptures monstrueuses : il a la noirceur voulue pour accoucher de cauchemars. Une petite meute d'assoiffés de l'art tente de s'agglutiner à lui. Pour fuir la promiscuité, Gérald Mortimer s'est hissé sur l'une de ses œuvres, un primate à tête de charognard particulièrement repoussant. Du sommet de ce promontoire improvisé, il reçoit, accablé, l'hommage de ses admirateurs. Un homme aux yeux chavirés lui tend extatiquement la main : Gérald Mortimer, ange des ténèbres facétieux, lui tend en retour l'une des mains amovibles du monstre sur lequel il a trouvé refuge. Et il regarde ailleurs, par-delà les têtes, il regarde en direction de l'extrémité droite du tableau.

Car il y a une femme, à l'extrémité droite du tableau, qui regarde Gérald Mortimer au moment même où celui-ci la regarde, et cela crée une diagonale parfaite. Cette femme est jeune, blonde, moulée dans un pantalon de léopard. Elle s'appelle Maggie, et elle est d'une beauté remarquable, de celles qui donnent naissance aux tragédies shakespeariennes.

Deux autres personnages occupent l'avant-scène du tableau : une femme encore jeune, dans la

quarantaine floue, et un adolescent gracile à la cheve-
lure bien disciplinée. Tous deux forment un couple
paisible, eau stagnante sous laquelle des serpents sont
endormis. La femme a un joli prénom qu'elle n'aime
pas : Pauline. Le garçon déteste franchement le sien,
Laurel, mais il est à un âge où les détestations foison-
nent naturellement et s'agrippent à n'importe quoi.
L'on pourrait parler aussi de ces deux figures presque indistinctes qui glissent dans le coin du tableau,
comme en exergue. L'une est une femme à cheveux
blancs qui porte le prénom de Julienne et un regard
résolu, qui a des lèvres pincées comme des blessures.
L'autre est un homme très gros qui s'appelle Einhorne
et dont on n'aperçoit que le dos fessu battant précipitamment en retraite.

Il ne faudrait pas non plus ignorer la fenêtre,
dissimulée en partie par les sculptures de Gérald
Mortimer. Cette fenêtre est peinte avec une précision
troublante, éclairée dru comme par un spot de
cinéma : elle a des barreaux grillagés derrière lesquels
commence à se profiler quelque chose ou quelqu'un.
Un invité en retard, une créature sulfureuse attirée par
les monstres synthétiques, peut-être un ange, comme
dans une œuvre de Botticelli... ? On ne sait pas
encore.

Rien n'est plus beau que le mouvement giratoire
des êtres humains de ce tableau, qui s'apprêtent à se
fracasser les uns contre les autres, rien ne célèbre
davantage la vie dans ce qu'elle a de plus tribalement
désordonné. Même immobilisés dans leurs cadres, ils
débordent d'énergie cinétique, leurs masséters se tendent avec avidité vers la nourriture, leurs deltoïdes les
ploient comme des roseaux, leurs merveilleux triceps
suraux les font cabrioler vers leur sort, leurs six cent

quatre-vingts muscles s'activent au même moment, plus performants et coordonnés que les éléments d'une centrale nucléaire. Chacun d'eux ressemble superficiellement à l'autre, mais chacun d'eux recèle des merveilles uniques, chacun d'eux est un trésor qu'aucun chevalier du Saint-Graal ne se donne plus, hélas, la peine de découvrir.

— Tous ces trous du cul commencent à me tomber sur les rognons. On s'en va.

Gérald Mortimer, héros noir excédé par la lumière, est descendu de son socle et lorgne la sortie. C'est alors que le tableau se défait, libérant les personnages qui s'ébrouent dans toutes les directions et débordent la toile. Seuls les animaux monstrueux restent au garde-à-vous et, parmi eux, un homme assis que les autres cachaient, un accroc statique dans la polyphonie des mouvements, une chose sur une chaise qui attend là on ne sait quoi.

Gérald Mortimer quitte les lieux au beau milieu de son vernissage, poussant devant lui avec des précautions bourrues cette chose sur une chaise qui est moi.

PORTRAIT DE MAGGIE

Les choses pourraient être pires.

Je pourrais avoir une tête monstrueuse comme celles qui coiffent les sculptures de Mortimer, et les femmes s'évanouiraient en m'apercevant dans la rue. Je pourrais avoir le cerveau bringuebalant, un de ces cerveaux en guimauve sur lesquels les idées viennent s'éteindre. Je pourrais être aveugle, et les tableaux de la vie n'étaleraient plus pour moi leur somptuosité quotidienne. Je pourrais être héroïnomane, criblé de trous d'aiguilles et de désespoirs décapants. Je pourrais marcher sans but et sans raison de vivre, tel un clochard métaphysique. Je pourrais gaspiller mes sueurs et mes battements de cœur dans un bureau du centre-ville, les rêves et l'imagination à jamais relégués dans des REÉR.

Je pourrais être mort.

Je suis vivant, et ma tête est posée très artistiquement sur mes épaules. J'ai les bras musclés et les yeux perçants, des yeux qui savent regarder exactement là où ça vaut la peine. Je vis pour peindre, et les journées passent sans douleurs inutiles. Les gens m'aiment, souvent passionnément.

Je sors peu. Le vernissage de Gérald Mortimer
était une exception inévitable. Les périples à l'extérieur déstabilisent, embringuent dans des pièces qui
exigent une participation. Je joue mal, publiquement,
je suis un exécrable acteur. Je fais, par contre, un
spectateur excellent, toujours disposé à admirer ce qui
est admirable. Il n'y a pas de mal à être spectateur :
l'important, c'est de connaître l'emploi qui correspond
le mieux à ses petits talents. Sans les spectateurs, à
quoi serviraient les acteurs ?

Il est huit heures du matin. En ce moment, de
mon sixième étage qui plonge sur le boulevard Saint-
Laurent et le déshabille sans vergogne, j'isole du
regard les dix acteurs qui font tranquillement la file,
coin Mont-Royal : des Haïtiennes en rouge, quelques
Portugaises en noir et blanc, trois hommes au teint
blafard, deux nonnes vêtues de leur costume officiel.
Ils ne savent pas qu'ils sont les personnages d'un
tableau. Ils croient attendre l'autobus, dans la morne
routine d'une semaine qui commence. Une épine de
soleil vient de se poser sur eux, entre les deux haies
d'immeubles. S'ils se voyaient comme je les vois,
enchâssés harmonieusement dans la rue, vitraux précieux indispensables à la beauté urbaine, ils sautille-
raient de bonheur comme des poulains nouveau-nés,
ils inventeraient des plaisanteries salaces et embrasse-
raient leur voisin de fortune au lieu de chercher à lui
piquer sa place dans la file.

J'aiguise une couple de pinceaux, je bois mon
café, je tapote un peu les couleurs pour me réveiller
l'œil. Je cherche depuis des années une couleur qui
serait mienne entièrement, une couleur comme une
maîtresse passionnée et monogame et susceptible

d'exciter sans relâche les fibres les plus récalcitrantes de mon imagination.

M'est avis que je la chercherai longtemps.

Il y a quelqu'un derrière la fenêtre de l'immeuble d'en face, pour la première fois depuis des semaines. Je vois un jeune garçon, la tête inclinée vers ce qui doit être sa table de travail. Il se tient ainsi immobile depuis que je suis arrivé dans mon atelier, image même du bûcheur judéo-chrétien que rien ne détourne de son devoir. Avant, il se passait derrière cette fenêtre des choses peu catholiques et très réjouissantes. Une vieille dame d'allure respectable venait s'asseoir face à moi chaque matin. Grimpait alors sur ses genoux un chat roux, gras comme ceux qui ont su tirer profit des humains de ce monde. Le chat s'étalait de tout son long sur elle, ventre offert en sacrifice, et le rituel débutait. Les mains de cette vieille dame savaient étonnamment y faire. Elles couraient sur le poil comme autant de petites masseuses expérimentées, titillant ici, pressurant là, s'enfournant entre les pattes écartées, lentement, avec une précision diabolique. Le chat, tétanisé par la jouissance, ne la quittait pas des yeux, un filet de bave chutant des commissures de sa gueule. Après une heure de ce traitement et quelques contorsions extatiques, il finissait par éjaculer sur les genoux distingués et proprets de sa maîtresse. À ce moment, invariablement, la vieille dame me regardait, avec un sourire un peu confus de vieille dame, mais une lumière tout à fait juvénile dans le regard, éclaboussante de sensualité.

Les vieilles dames meurent, hélas, même quand une âme de nymphette triomphante se dissimule sous leur carcasse fripée. Quand celle-ci est partie, ça m'a fait de la peine, à cause du chat, surtout, forcé de reprendre contact avec les aspérités de la vie, et à cause du tableau, si joli, que chaque matin m'apportait. Le jeune garçon se lève. Ce n'est pas un garçon, c'est une femme filiforme aux cheveux très courts qui s'étire, qui jette un regard bref de mon côté avant de disparaître brusquement.

— C'est moi !

Maggie est entrée sans frapper, comme elle le fait toujours, le pas exténué et le souffle houleux d'une héroïne qui vient d'échapper à des satyres motorisés. Il est vrai que la beauté pure ne s'aventure pas sans danger dans la rue.

— Enfin enfin, mon Dieu, expire-t-elle. La paix, la sainte paix. Je me fais du café, en veux-tu ?

Je descends vers elle, vers cette partie de mon appartement qui m'est accessible par un contre-plaqué raboteux jeté en travers des trois marches de l'escalier. Elle s'est déjà installée, nue, sur le sofa. Elle se gratte méditativement le pubis, l'œil vague et courroucé.

— Ne me regarde pas, je suis horrible. Ton café aussi est horrible. Oh, Max, j'ai envie de pleurer aujourd'hui, je vais me coucher ici pour toujours et pleurer jusqu'à ce que je parte toute en eau, je pleure, regarde, je me mets ici et je pleure.

Elle se roule en boule dans les coussins. Je prépare les couleurs, des primaires crues et quelques complémentaires violentes, un orangé, un turquoise, un mauve, un rose poudre pour le tracé. L'huile a une odeur que j'aime par-dessus tout, une odeur sulfureuse de création du monde. Maggie, la bouche écrasée sur les coussins, exhale des geignements lugubres un moment, puis se met à rire et se redresse.

— J'étouffe, je ne peux pas pleurer si je suis en train de m'asphyxier. Martin veut que je m'exhibe toute nue dans son film, « quelques plans ma chchatte, une séquence ma chchouette, personne je te jjjure n'aura le temps de rien voir », à quoi ça sert, justement, si personne n'a le temps de rien voir, je pense que je commence à haïr le cinéma, ils sont tous là à vouloir me montrer flambant nue parmi des hommes tout habillés dans des films qui n'ont pas d'histoires. Martin veut qu'on se marie à la fin de l'automne, je ne lui ai pas dit que j'étais déjà mariée, oh, Max, pourquoi la vie c'est pas comme un lac qu'on traverse en canot quand il n'y a pas de vent et que ça glisse ? Je dors mal, je rêve encore que je suis une clocharde avec des vêtements qui puent et la peau fendillée, je ne veux plus jamais dormir, je ne veux pas non plus me réveiller, y a-t-il autre chose ailleurs que du sommeil et du réveil, y a-t-il d'autres états dans lesquels on coule facile en ronronnant ?... Quand Martin me prend dans ses bras, c'est épouvantable ce que je vais dire, je souhaite de toutes mes forces qu'il oublie que j'existe, quand il me touche les yeux chavirés par l'amour, je me sens comme une tempête qui ne peut pas exploser, je voudrais lui crier des choses ridicules par la tête jusqu'à ce qu'il éclate en morceaux, ESPÈCE DE RECTUM DE SCROTUM DE FATUM DE PABLUM ! Ça y est, je vais pleurer.

Maggie a vingt-deux ans.

Maggie est un paysage de juin parfaitement vert et soleilleux sur lequel le temps n'a pas commencé de s'aiguiser les griffes.

À Labelle où elle est née et qu'elle n'a quittée que l'espace de quelques études très secondaires, sa beauté allait de soi, sorte de ressource naturelle régionale qu'on côtoie sans s'extasier. À Labelle, sitôt l'adolescence entamée, elle appartenait à Gaétan, faraud futur gérant de la caisse populaire, qui s'est dépêché de l'épouser pour éteindre en elle ce qui pouvait devenir incendiaire. À Labelle, Maggie cultivait des lupins et des tomates et patinait à reculons sur le lac Désert, anonymement fondue dans la beauté extérieure, pas plus belle qu'une loutre, qu'un bec-scie, qu'un coucher de soleil sur la neige violette.

À Montréal où elle habite depuis deux ans, toutes les rues ont des yeux et tous les yeux la regardent, avec une insistance telle qu'elle a cru, au début, être la dépositaire de quelque monstruosité protéiforme : une tache de sang sur la robe, une balafre de confiture sur le menton, un furoncle qui n'en finit pas d'enfler sur le nez. Puis, les signaux sibyllins se sont faits clartés aveuglantes ; à un rythme affolant, des tapis et des hommes se sont allongés devant elle, et voici ce qu'ils tonitruaient : veux-tu faire de la télévision payante, du cinéma culturel, des photos cochonnes, du *Pi-Arre* sérieux ou de la publicité subliminale ?... Veux-tu devenir la maîtresse d'un sous-ministre puissant, d'un producteur prospère, d'un cinéaste célèbre, d'un joueur de hockey idolâtré, d'un journaliste dur ou d'un syndicaliste pur ?... Gaétan, paniqué, a tenté dare-dare de la ramener dans les pierreux pâturages de Labelle. En vain.

Peindre la tête de Maggie, c'est jongler avec toutes les couleurs du prisme qui se frottent lascivement. Dans ses cheveux, il n'y a pas moins de douze teintes de blond, viraillant entre l'ocre, le paille et le vénitien. Ses yeux ne se décident pas entre le turquoise et le topaze, et d'invraisemblables mouchetures sanguines y font filtrer, sauvage, un regard de lionne. Le blanc bleuté des dents répond exactement à celui du fond de l'œil, le charbonneux des cils et des sourcils au grain de beauté piqué sur l'un des maxillaires. Ses lèvres sont trop roses pour n'être pas presque rouges ; mais là où elles se trouvent humides, c'est l'inverse. Une lumière aurifère émerge de sa peau comme des abysses d'une cathédrale.

Le défi consiste à mettre tout ça sur une toile, sans que rien s'éteigne.

Nous nous fréquentons depuis quelques mois. Il m'est arrivé, un beau jour, de me retrouver derrière une table du café Cervoise à croquer des silhouettes dans un carnet, très Toulouse-Lautrec attardé, très fossile montmartre. Maggie y était aussi. Nous étions tous deux, pour des raisons évidemment antinomiques, la proie des regards. Pour une fois, les mirettes des braves gens en avaient pour leur argent, vagabondant entre l'estropié et la nymphe, caracolant du « c'est-tu dommage ! » à l'« est-tu belle ! ». Il est rare que la vie se montre si miséricordieuse pour les voyeurs.

J'ai eu dix-huit ans pour m'habituer aux regards et à la curiosité morbide, et j'y suis maintenant totalement imperméable, sorte de tôle galvanisée sur laquelle ricochent les balles. Maggie, elle, pauvre brebis campagnarde, en était à ses premières armes dans le monde du show-bizeness involontaire. Après nombre de tortillements souffrants sur sa chaise, elle n'a rien trouvé de mieux pour annuler les regards que de venir se réfugier auprès de l'autre curiosité locale. Du coup, le spectacle s'en est trouvé considérablement revampé, les badauds extasiés pouvant d'un seul coup d'œil apprécier l'intensité des contrastes. Nous aurions dû, je le regrette encore, passer le chapeau à la fin de la représentation, les sommes colossales que nous aurions raflées, idiots d'artistes imprévoyants.

Je me souviens de la confiance immédiate de Maggie, sa belle tête fauve si rapprochée de mon épaule, disposée à livrer son âme avant que je la réquisitionne, disant des choses vertigineusement dépourvues de rouerie, j'aime ce dessin-là mais pas l'autre, je ne connais rien à l'art, je peux te tutoyer, regarde je viens de m'acheter une bague, j'aimerais pour me pratiquer que tu fasses mon portrait tu comprends je vais bientôt faire du cinéma, il faut que j'apprenne à être naturelle.

Je me souviens de sa confiance immédiate comme d'une injure, en même temps. Il n'y a que les très jeunes enfants, les vieillards bavotants — et les infirmes — dont on ne se méfie pas.

— Parle-moi de l'exposition. Pourquoi créer des bêtes qui ne ressemblent pas aux vraies, pourquoi les montrer laides quand elles sont si belles ? Parle-moi de lui. Combien de femmes y a-t-il dans sa vie ? C'est ton ami, tu connais les broussailles de sa tête, pourquoi il fait des choses comme ça, pourquoi son regard est si... si effrayant... ? J'ai rêvé de lui, tout en noir comme un animal, j'ai rêvé qu'il me regardait comme l'autre soir et j'étais changée en banquise, en incendie... Parle-moi de lui...

Pendant trois heures, comme ça, nous travaillons. J'ai fait quelques académies, les premières semaines, du corps sans faille de Maggie. La beauté est étrange : celle de sa tête hurle des choses indéfinissables, que je ne me lasse pas de tenter de comprendre, mais celle de son corps est totalement muette, si parfaite et si lisse que la vie ne semble pas y avoir encore imprimé d'image. Maggie continue de se dévêtir chaque fois que je la peins, même s'il n'en sort que des têtes fauves dépourvues de corps. Elle aime l'idée de poser nue gratuitement dans un atelier clandestin, tandis que les studios de cinéma aux cachets mirobolants ne parviennent pas à la décolleter.

— C'est moi ! Je te dérange ?...
Gérald Mortimer est entré sans frapper, comme il le fait toujours, mais à une heure précoce où il ne le fait jamais. Je lui dis de déguerpir. Trop tard, il est déjà engagé dans la pièce, la tache blanc et blond sur le sofa lui a bondi dans l'œil et ne veut plus en ressortir. Il finit par se détourner en balbutiant des excuses, et Maggie rameute tant bien que mal autour d'elle le petit troupeau froissé de ses vêtements.
— Je reviens... viendrai plus tard.
— Je m'en irai... allais justement.
Mais avant, il y a eu cette explosion entre eux, rien de très long, un geyser catapulté d'un œil à l'autre et aussitôt éteint, une traînée de feu dont ne subsiste que l'odeur inquiétante dans la mémoire.
— Je voulais te demander ton avis, dit Gérald Mortimer en ne regardant que moi. Ce type, de la galerie Falstaff, à New York, il dit qu'il veut mes horreurs à la fin octobre. Pour fêter l'Halloween, sans doute, ce trou du cul. Mais l'autre Amerloque, celui

qui a la face comme une forçure et une grosse motte de graisse à la place du cerveau, il veut les acheter tout de suite et les transporter illico dans son palace de Nantucket, pour les regarder tout seul en se crossant, probablement.

— Oh, dit Maggie. Mais c'est merveilleux, il faut saisir les deux, absolument, vendre un peu plus tard et exposer d'abord, il faut s'arranger pour prendre toutes les chances qui se présentent, c'est merveilleux...

— Merveilleux... grommelle Gérald Mortimer en me considérant fixement. Je sais ce que je vais faire, je vais empiler tout ce fatras de monstres et y foutre le feu, trois litres de kérosène et une bonne torche au milieu, voilà ce que je vais faire.

— NON ! Vous n'avez pas le droit, tout ce travail, toutes ces... ces créations, tout ce qui est création est... est beau...

— Beau, dit Gérald Mortimer, et il se tourne abruptement vers elle. C'est un sacré mot, ça, BEAU, un sacré mot vide et constipant, le beau est une maladie métaphysique, le beau est un papier torche-cul avec lequel tous les malariés de l'âme veulent s'essuyer, il n'y a de beau nulle part, il n'y a que de l'horrible et du plus horrible, l'art est une compétition avec la laideur horrible du monde et les artistes perdent toujours, TOUJOURS !...

Maggie le regarde aussi, chiffonnée, éblouissante. Sa blouse boutonnée de travers et sa jupe remontée de guingois sont sur elle audaces de haute couture. Gérald Mortimer pâlit et détourne les yeux, et tout le temps qu'elle se prépare à partir, qu'elle vient m'embrasser et me souhaiter une bonne journée, il ne dit plus rien, bloc de graphite rencogné dans la fenêtre. Elle s'attarde un peu sur le seuil, elle laisse flotter dans l'air un regard perturbé en quête de destinataire, elle sort sans qu'il se soit le moins du monde déminéralisé. Un peu plus tard, elle marche dans la rue et imperceptiblement il avance la tête, imperceptiblement pour la suivre jusqu'où c'est possible sans attirer mon attention.

Après, Gérald Mortimer retrouve son silence habituel, celui qu'il a avec moi quand les témoins de ses emportements s'effacent et l'abandonnent à lui-même, acteur sans public qui essuie son maquillage. Il baguenaude dans l'appartement, il stationne, l'œil incisif, devant mes toiles, soupesant le pour et le contre avec des grommellements diffus. Il se plante finalement devant une étude de Maggie, la dernière. Je vois en contre-plongée battre une veine follette à sa tempe, tout le reste est de marbre. Il dit : « Les cheveux sont pas mal », la veine bat, saccadée, sauvage sur sa tempe et il se détourne de Maggie comme on déguerpit d'un lieu hostile.

Il ouvre les fenêtres toutes grandes, « tu t'empoisonnes, christ, ça pue l'huile ici », il inspecte le contenu de mon réfrigérateur, « qu'est-ce que c'est que ces cochonneries, de l'herbe, du foin, tu te prends pour une vache, où elle est la viande, ça te prend de la viande, tu t'anémies comme un imbécile, les créateurs, ça doit manger, christ, ça doit bouffer de la protéine.»

Il s'assoit, dos à moi et aux fenêtres. Il demande :

— Es-tu amoureux d'elle ?

Je lui dis que je n'aime pas souffrir, que j'essaie de n'éprouver que des sentiments accessibles, dont celui-ci ne fait pas partie. Il n'aime pas ma réponse, il la digère difficilement sur sa chaise, le dos pétrifié à angle droit. Il revient à la charge, malgré tout. Sa voix, mauvaise actrice, affecte une ironie nonchalante.

— Et moi ? blague-t-il. Est-ce que je peux ?... Me permets-tu d'être amoureux d'elle ?

Re-silence, après. Il se lève, comme si rien d'important n'avait été dit. Il met de l'ordre dans les tubes de couleurs. Je remonte à l'atelier pour travailler, les roues de ma fidèle Rossinante couinant sur le contre-plaqué. Le regard de Gérald Mortimer me suit, comme un danois à moitié apprivoisé. Il attend quelques minutes, pendant lesquelles je sens son anxiété gagner du terrain et se propager dans ses organes vitaux. Il demande finalement :

— As-tu besoin de quelque chose ?

J'attends un peu, moi aussi, avant de répondre. Parfois, je n'exige de lui que des broutilles, fixer la toile sur des cadres, suspendre ou décrocher des tableaux, nettoyer mes pinceaux. Parfois, il faut corser les requêtes pour qu'elles atteignent cet exact ampérage d'humiliation qui lui permet de survivre jusqu'au lendemain. Laver mes urinoirs portatifs. Poser les fenêtres doubles au prix d'acrobaties suicidaires — et aussitôt après les enlever, à cause d'un changement d'humeur ou de température.

Parfois, je refuse péremptoirement son aide, même s'il insiste en rugissant. Mais c'est là une cruauté perverse dont je n'abuse pas.

Je lui dis qu'il ne me reste plus de lait. Pour le café. Il cavale aussitôt vers la sortie.

Pour venir chez moi, il faut le désirer très fort. Passé l'entrée bicéphale qui s'abouche avec le boulevard Saint-Laurent, on est précipité dans une obscurité fétide que boudent même junkies et sans-abri. Il faut tâtonner vers la gauche, se rendre, à l'odeur, jusqu'au vétuste monte-charge encadré de poubelles. Là, deux possibilités se présentent au désespéré. Attendre l'arrivée improbable de l'antiquaille qui le hissera, avec des tremblotements de bête agonique, jusqu'à un étage résolument clandestin — à moins qu'elle ne choisisse précisément ce moment pour rendre son âme industrieuse et son passager aux enfers d'où elle est issue. Ou rebrousser chemin vers le second corridor qui déroule ses anneaux sur six étages, angoissant lombric-labyrinthe sur lequel irruptent comme des coups de théâtre les escaliers et les éclaircies chancelantes.

En haut, pourtant, c'est le ciel et la lumière, le soleil se lève et s'éteint sans rien dissimuler de son itinéraire, on flotte comme dans une voûte de Tiepolo entre ville, nuées et montagnes, dérivant au-dessus des spectacles permanents.

Tout se gagne, surtout le ciel.

Gérald Mortimer revient en haletant : il a choisi, intrépide Minotaure, le labyrinthe des escaliers. Je le laisse farfouiller un moment dans le frigo, y déposer en même temps que le lait les aliments qu'il a achetés, toutes sortes de fromages et de laitages protéiques qu'il estime indispensables à la survie.

Je lui dis qu'il me faudrait aussi du pain.

Il ne réagit pas tout de suite. Son souffle est encore agité de soubresauts. Il s'appuie un instant sur la table pour récupérer, le masque blanc de céruse de son visage très faiblement troublé.

— Tiens donc, gouaille-t-il. Mais très certainement. Du pain et des jeux. Et quoi d'autre, encore, tant qu'à rentabiliser la randonnée ?...

Il descend. Il marche dans les corridors enténébrés, il se bute à l'anarchie des entortillements d'escaliers, il reçoit de nouveau la pestilence de l'entrée en plein visage, il se rend jusqu'au Portugais trois pâtés de maisons plus bas où il prend aussi des brioches et des croissants, il mord le béton de son long pas agressif tandis que les piétons s'écartent pour lui abandonner le territoire, il refuse d'attendre le monte-charge, il remonte à la surface en ne s'accordant aucun répit, aucune pause sur six étages de délabrement abrupt, le cœur cogne dur, l'air siffle douloureux et les muscles flageolent, il remonte.

Il dépose tout ça, amoncellement odorant, sur le comptoir. Il me regarde fixement. Je lui dis qu'à la réflexion, peut-être, j'aurais aussi besoin de, je ne finis pas ma phrase. Il me regarde toujours, il esquisse un mouvement, de nouveau, vers la sortie.

Jusqu'où irais-tu, Gérald Mortimer, jusqu'à quelle extrémité épouvantable pourrais-je te conduire, quels avilissements accepterais-tu de subir, si je les exigeais ?

Le regard de Gérald Mortimer est droit et brillant de détresse, il irait jusqu'au bout, il n'y a pas de limites, jusqu'au bout de n'importe quoi.

PORTRAIT DE FANTÔMES

Derrière la fenêtre de l'immeuble d'en face, la femme-garçon est revenue s'asseoir. Ses cheveux très courts semblent une laque directement appliquée sur l'ossature du crâne, un casque de guerrière d'où jaillirait comme un sceptre le filet du cou. C'est une femme tout en lignes longues, une architecture pure et dépouillée qui ne laisse rien paraître de ce qui s'officie à l'intérieur. Elle est penchée sur sa table de travail ; lorsqu'on la regarde un moment, on voit qu'elle n'est pas parfaitement immobile : l'une de ses mains, en suspens telle une créature indépendante, effectue une rapide giration du poignet. Je regarde sa main. Au bout d'un moment, je ne vois plus qu'elle, cette main de femme au poignet de garçon qui tourne sur elle-même au rythme staccato de la réflexion, comme d'autres se rongent les ongles ou grillent une cigarette, ce petit satellite en train de catalyser l'électricité de l'air pour la conduire au cerveau.

J'ai connu une femme comme ça, qui portait sur elle un démenti perpétuel. Quand son visage était en paix, il y avait toujours une partie de son corps qui trépignait d'anxiété. Quand ses yeux s'incendiaient, ses mains restaient glacées et inertes. Ce n'était pourtant pas quelqu'un de menteur. C'était quelqu'un en qui coexistaient deux vérités parallèles, s'ignorant l'une l'autre, s'appropriant chacune son territoire, dans la plus sereine disharmonie.

Lady. Si je le voulais, je pourrais très aisément me souvenir d'elle. Des cheveux invraisemblables, moutonnant jusqu'à la taille. Double, même au premier regard : une tête d'héroïne romantique sur un corps chenu de garçon. Les poignets fins, le cou long, comme un filet. Quand elle s'affaissait sur elle-même pour dormir, sa main longtemps faisait la sentinelle, girant en silence.

Je m'éloigne de la fenêtre. Il est impossible que le passé me rattrape jusqu'ici, et s'il en a l'impudence, il faut lui montrer qu'il n'est rien, une abstraction nébuleuse, un terreau de cadavres en poussière. Il faut immédiatement lui tourner le dos.

Je n'écoute que les voix du présent. Elles sont une multitude, chaque jour, à s'ensardiner sur mon répondeur téléphonique pour me rappeler que je fais partie d'une tribu, la plus vulnérable qui soit. Je n'ai pas le choix d'être seul. La solitude existe en un si grand nombre d'exemplaires qu'elle en devient une sorte d'antichambre de party, où les invités angoissés, braqués devant leur miroir, n'en finissent plus de s'arranger le portrait au lieu d'aller à la fête. ALLÔ MAX, C'EST PAULINE. J'AI BESOIN D'UN CONSEIL. JE TE RAPPELLE... AYE, MAX, PEUX-TU ME PRÊTER UN VINGT JUSQU'À VENDREDI ? C'EST LAUREL. PARLES-EN PAS À PAULINE... BONJOUR, MAX. C'EST MAMAN. JE TE RAPPELLE... HI, MAX. JIM. SEE, WE NEED A PLACE

TO JAM, SATURDAY. CAN WE GO TO YOUR PLACE ? CALL ME BACK... C'EST MOI, MAX, MAGGIE, IL FAUT QUE JE TE PARLE DE LUI, EST-CE QUE JE PEUX ALLER POSER, DEMAIN ?... GOOD MORNING, MAXIMILIAN. JULIUS EINHORNE. J'AI FRAPPÉ CHEZ VOUS CE MATIN, JE REVIENDRAI CE MIDI... BONJOUR, MAX. MAMAN, C'EST MAMAN. TU N'ES TOUJOURS PAS LÀ, JE TE RAPPELLE... C'EST MOI. MORTIMER. JE PASSE TOUT À L'HEURE, SI TU VEUX, J'AI DEUX TROIS CHOSES À TE CONTER, CHRIST DE JOUR-NÉE... SALUT, MON MAX, ROBIDOUX-DOUX-DOUX, JE FAIS UN SAUT TANTÔT CHEZ VOUS POUR T'EMPRUNTER TES LIVRES SUR SCHIELE... BONJOUR, MAX, C'EST MOI, C'EST MAMAN. À PLUS TARD... ALLÔ, MAX. CHARLES. JE VOULAIS TE DEMANDER UN TUYAU SUR LA GALERIE DE RACHEL, JE TE RAPPELLE... SALUT, MAX, C'EST HARRY. JE VEUX TE MONTRER MES DERNIÈRES ENCRES, RAPPELLE-MOI... ALLÔ, MAX, MAMAN, C'EST MAMAN, RAPPELLE-MOI, S'IL TE PLAÎT, RAPPELLE-MOI...

La plupart du temps j'y parviens, je vais plus vite que mon ombre et je la sème en chemin, mais tout à coup, je ne suis pas sur mes gardes et dans un tube férocement rockeur s'immisce un refrain granola qui m'éjecte de nouveau en arrière — MAMAN, mot presque exécré, si j'avais des forces pour haïr, MAMAN, C'EST MAMAN. Comment les éliminer tout à fait, ces témoins gênants d'avant le Big Bang, comment transformer sa vie en film de gangsters ?

Lady se lève, étire complaisamment sa silhouette filiforme, disparaît sans voir les décombres qui fument derrière elle et les blessés qui se lamentent dans le noir.

Une fois, on courait. Je n'y peux rien, je ne sais plus où canarder, les images d'avant le Big Bang lèvent anarchiquement devant moi, flopée de gibiers à plumes qui s'égaillent dans tous les sens, on courait, je ne peux pas assassiner l'image, mon amie Lady mon ami Purple de chaque côté de moi, on courait pour rien dans un champ labouré comme un vieux visage et tressautaient devant nous une bande octogonale de ciel mauve et les cimes grenues des épinettes tandis que nos pieds ailés avalaient le paysage, on courait sans réaliser à quel point il est extraordinaire de courir, la brûlure vivante des muscles, les pieds qui sonnent l'hallali et tout le corps explose en état de grâce et d'apesanteur, de chaque côté de moi mes deux amis, les jambes de Lady et celles de Purple et les miennes aussi bien sûr vociférant leur bonheur d'arracher des lambeaux de légèreté à l'attraction terrestre, on était trois lancés aux trousses de la vie à ahaner et saliver et à courir, et la vie devant jeunette et frétillante nous voyait venir, la vie nous faisait lascivement bye-bye en cachant ses varices derrière les épinettes. Stop.

Le passé est imparfait, toutes les grammaires le proclament. Il n'y a d'avenir que dans le présent, et le présent est cette toile sur laquelle je tente de bâtir, à coups de hiéroglyphes colorés, le portrait de l'humanité. Le présent est aussi un miroir, n'importe quel miroir, celui par exemple que j'ai fait suspendre dans

le coin-sofa de mon appartement, parmi des autoportraits de quelques géants de la peinture remar-
quablement doués pour la traversée des apparences.
Lorsque je glisse sur le contre-plaqué qui me fait accéder au premier niveau de mon appartement, je nous
aperçois dans ce miroir, moi et Fidèle Rossinante, et
cette vision fatale et rigolote, s'il est excessif de dire
qu'elle me ragaillardit, a le don chaque fois de me
jeter dans l'ahurissement, ce qui constitue en soi une
gracieuseté non négligeable de l'existence.

Se regarder dans un miroir n'est pas chose aisée.

Certains peintres parmi ceux que j'ai suspendus
au-dessus du sofa l'ont fait avec une désinvolture
trompeuse. Dürer, par exemple, qui ne se prenait pas
pour de la crotte de bouc, s'est représenté sous les
traits élégants d'un Christ juvénile et blondinet, clin
d'œil ironique à une époque furieusement entichée
d'idéalisation. Cézanne, à ses côtés, pas davantage
porté sur l'introspection, se traite comme une manière
de paysage abstrait, une version humanoïde de mon-
tagne Sainte-Victoire découpée géométriquement par
la lumière. Et puis l'on s'approche, précautionneu-
sement, de la subjectivité écorchante, l'on s'approche
du miroir : il y a Vélasquez, qui se dissimule en arrière-
plan, dans *Les Ménines*, parmi une galerie de clin-
quants personnages, mais pas assez pour que l'on ne
puisse pas appréhender la détresse du regard qui se
regarde, la détresse poignante de l'observateur solitaire. Il y a Goya et Rembrandt, côte à côte comme
des frères lucides nous jetant en pleine face leur reflet
vitriolé, l'Espagnol frappé de surdité et d'abandon, le
Hollandais entraîné dans la débâcle de l'existence,
l'on s'approche encore du reflet impitoyable de soi-
même, l'on se voit bientôt acculé à la frontière du

visage qu'il faut transgresser au prix d'une sensibilité suicidaire, et c'est Van Gogh et son dernier auto-portrait, celui dans lequel le peintre observe la dégrin-golade imminente de sa propre humanité, c'est Ferdinand Hodler et Max Beckmann, aux yeux d'entomologistes épuisés par la solitude, c'est Edvard Munch livré entièrement à l'agitation intérieure. Et après, l'on est passé brutalement de l'autre côté de la façade, jusqu'à cette zone torturée qui louvoie sous le masque, et l'on contemple avec des grelottements de frayeur deux portraits visionnaires d'Egon Schiele, périlleux, provocants, l'un habillé de rouge sang, l'autre nu et se masturbant, corps tronqués, regard réduit à deux taches d'angoisse.

Ensuite, ne reste que l'autoportrait à dessiner soi-même, ce miroir accroché au-dessus du sofa, à l'usage des vivants qui viennent chez moi.

Les vivants qui viennent chez moi subissent un choc chaque fois que la contemplation benoîte des portraits de cette brève galerie les conduit, sans crier gare, devant leur reflet dans le miroir. Soudain, ils ne savent plus comment se regarder, ils sont ébahis par cet intrus qui grimace tout à coup devant eux au milieu de faciès morts, ils cherchent le mode d'emploi et les instructions pour déchiffrer leur visage. La plupart du temps, ils renoncent avant d'avoir trouvé.

Se regarder dans un miroir n'est pas chose aisée.

Mes rapports avec les miroirs sont conflictuels. Je tolère pourtant leur existence ; ce sont eux qui tolè-rent difficilement la mienne.

Ils insistent pour me représenter assis, toujours, sorte de cloporte à roulettes rapetissé par le milieu. C'est vexant. Je sais bien, moi, que je suis debout, qu'en dedans je me tiens inexorablement debout. Les miroirs sont dépourvus d'imagination. Ils grossissent l'anecdotique, ils zooment sur la main déformée alors que l'autre, la si fine et athlétique, passe inaperçue. Et puis, de quelque côté que je me présente, ils s'arrangent toujours pour que saille dans leur champ de vision la silhouette renflée de mon pot, un vassal-à-uriner hélas indispensable, un truc de plastique turquoise et fluorescent que je tente de dissimuler à mes pieds, mais en vain, un flamboyant brimborion que des fabricants sadiques ont conçu expressément hideux pour s'assurer, j'imagine, de la haute visibilité des infirmes. (Par temps sombre, sous le couvercle ténébreux des nuits sans étoiles et sans lampadaires, on peut toujours compter sur la luminescence de nos pots turquoise pour nous repérer.)

Les miroirs réduisent Fidèle Rossinante à ce qu'elle n'est que si peu, une chaise droite en acier inoxydable à roues motrices et freins à disques, alors que Fidèle Rossinante est d'abord et avant tout un cabri au regard tiède et affectueux, un coursier valeureux que ne rebute aucune de mes crises d'humeur, un hippocampe ailé qui me précède au lieu de me suivre.

Les miroirs, surtout, ne disent rien des alchimies qui sprintent à l'intérieur de moi, des désirs fastueux qui mêlent leurs bouillons au reflux du sang, de tous les corps magnifiques et puissants qui prennent forme dans ma tête, qui digèrent le bonheur d'appartenir à l'admirable mécanique humaine avant de tenter de se hisser jusqu'à ma toile.

Les miroirs font leur job de miroirs, job de bras et de regard réducteur, et ne montrent que ce bas du corps que j'ai à jamais éteint sous la ceinture, jambes mollassonnes et maigrelettes, même bandelettées dans de coûteux vêtements, sexe flasque et frileux, à jamais inopérant entre mes cuisses, à jamais.

Bruit, soudain, qui me distrait du marasme naissant. J'entends s'approcher dans le corridor un renâclement violent qui tient de la pompe à piston et du poumon de diplodocus en apnée, j'entends stationner devant chez moi le souffle de forge d'une espèce en voie d'extinction, l'on pourrait croire, d'un animal fabuleux dont l'éternuement saurait pulvériser ma porte. J'attends, le sourire aux lèvres. Monstrueux ferraillement d'air dans de monstrueuses narines, tout près, puis, désarçonnant comme tout ce qui échappe aux probabilités, tambourinement délicat à la porte.

Entrez, Julius Einhorne.

— ... Vous ai apporté des petites choses, my friend... Je m'assois, permettez, I'm gonna die...

Il s'effondre sur le sofa. Le sac qu'il tenait maternellement pressé contre sa vaste poitrine commence à s'épandre sur le sol. Il me fait des gestes mourants pour m'indiquer que ça n'a pas d'importance, tout cela m'appartient, ces filets mignons sparadrapés qui roulent à ma rencontre, cette volaille morte bien que sautillant jusqu'au milieu de la pièce, ces deux saucissonnets qui viennent se blottir contre les pattes antérieures de Fidèle Rossinante, prenez prenez, petites choses à manger, il blasphème en anglais très bas contre le monte-charge et le building aussi fucking Christ assholes l'un que l'autre, il tousse et halète misérablement.

Les êtres qui nous veulent du bien constituent d'inépuisables mystères. Je ne cesse de m'interroger sur les motifs qui font que Julius Einhorne, propriétaire de cette antique baraque, m'a pris en affection, m'héberge à l'œil, m'entretient presque, m'achète des tableaux qu'il ne survole, au préalable, que d'un regard épouvanté. Deux fois par mois, il monte périlleusement chez moi, et rendu là, il ne songe plus à repartir, il m'entretient d'indéfinissables intimités sans jamais me regarder autrement que du coin de l'œil, il me demande invariablement où sont les dernières choses que je viens de peindre et quel prix I'm asking for, be serious you don't wanna ruin me do you ? il marchanderait sans discrimination aucune n'importe quel gribouillis que je lui tendrais.

Peut-être, dans sa candeur, croit-il thésauriser grâce à quelque Manet vagissant dont l'ascension fulgurante le laissera argenté jusqu'à la moelle, lui et tous les rameaux à venir de son arbre généalogique. Pas fou, moi qui me tiens en périphérie de tout, même du succès, je ne le démens pas. Peut-être obéit-il à une sincère flambée de bienfaisance, de celles qui laissent le cœur auto-attendri, la bonne conscience allège, les mains libres pour batifoler dans des infamies rachetées d'avance. Pas regardant sur les mécènes, je ne le juge surtout pas. Tant mieux si mes statuts d'artiste et d'estropié font de moi une irrésistible B.A. et réveillent la concupiscence des philanthropes en panne de cause. Julius Einhorne, my friend, prendriez-vous un café, et pourquoi ces viandes qui ne sont même pas cachères ?...

— No coffee, nothing, Maximilian, see, je suis au régime, cœur poumon foie toute la cabane s'en va chez le diable, good for me, ça m'apprendra à être gros. Mangez mangez pendant qu'il est encore temps. Nous sommes des animaux, des beaux merveilleux affamés animaux et toute notre vie nous refusons cela, nous faisons comme si pure spirits and heaven nous attendaient un jour, et pourtant les bébés, Maximilian, qu'est-ce qu'il fait le bébé, my friend, quand il débarque au monde, il veut manger, il crie WHAAA pour manger, et le petit vieux qui n'est plus obligé de faire semblant, qu'est-ce qu'il aime plus que Yahvé et Belzébuth et les belles femmes et l'argent, hein, qu'est-ce qui lui reste de solide et de fraternel dans ce monde pourri, le pauvre petit vieux branlant ? C'est le pain et le gâteau et le poulet à la cannelle... Savez-vous faire le poulet à la cannelle et aux abattis à la crème ? I'll show you, I'll show you one of these days... Now. What did you paint today, my friend ? Show me your work. What did you paint ?

Le corps de Julius Einhorne est une entité fascinante, qui se meut selon une logique par lui réinventée. Il colle au sol et aux obstacles rencontrés, il s'insinue autour des meubles avec une grâce caramélisée au lieu de les éviter. Chaque pas semble le fruit d'une stratégie mûrement élaborée pour arracher du terrain sans qu'il lui en coûte trop de suées. Ses grands dorsaux, dissimulés parmi les chairs, sont les pilotes patentés de ce navire moelleux qui fasèye à droite, à gauche, au gré des écueils : les autres muscles paraissent endormis pour la nuit des temps dans leur écrin luxuriant. Je voudrais peindre le tronc nu de Julius Einhorne, si éloigné des planches anatomiques, si magistralement minéral, lustré et caoutchouteux comme une sculpture mérovingienne.

— Travaillez, oui, j'aime quand vous travaillez sans vous occuper de moi, voilà encore la jeune fille merveilleuse, dernière chose peinte, non ? Étude seulement, my friend, étude, really ? So. Mais quand toutes les études et l'école au grand complet terminées et le tableau ready, je le prends tout de suite, si pas trop cher, merveilleuse merveilleuse jeune fille. You're not going to bankrupt me, are you ?... Il y a une petite comme ça, merveilleuse aussi, que je connais, I told you about her didn't I ? No, I don't think so, je n'ai parlé à personne, à cause des rires, my friend, les gens rient when fatties like me talk about women. She's really cute, and sweet, like a marvellous little piece of apple pie, et son sourire est un rayon de miel sur mon gros cœur, really. We never talked to each other, not yet, she goes to a college, really bright little girl, I'm sure of that. She looks at me, see, and she smiles. And she goes on to her college. Every day. Every every day. Oh my. Mais qu'est-ce que je peux faire, qu'est-ce que quelqu'un comme moi peut faire pour que le sourire comme ça dure plus longtemps ?... Never mind. Je suis sur un gros coup, une maison à moi qui va se vendre bientôt, et je jure, je fais tout refaire ici, my friend, just for you, electronic elevator, and nice stairs, and walls with big mirrors, I swear, just for you, an elevator like you've never seen before.

Il s'aperçoit soudain que je suis en train de le dessiner. Il s'immobilise net dans l'atelier, élégant rorqual en déséquilibre au milieu de ses manœuvres ondoyantes. Il me considère avec effarement, les joues empourprées.
— Stop that !... It's unfair ! You want to laugh at me ?... Why are you doing that ?... WHY ?
Why.
Parce que vous êtes un fragment unique de cette disharmonie qui compose l'univers, Julius Einhorne, parce que la grâce est protéiforme et joufflue parfois et

inattendue toujours et qu'elle se pelotonne dans vos méandres plantureux ô combien plus irrésistiblement que sur les ossatures des beautés médiatiques, Julius Einhorne, parce que je suis capable de vous voir comme personne d'autre ne vous verra jamais et que j'ai payé cette habileté très cher, my friend, très cher.

Il se trouble, il prétexte soudain quelque impondérable et retraite vers la sortie, avec une frayeur déjà moindre dans le regard, cependant, et une pointe de regret naissante.

Il reviendra. Il prendra place sur mon sofa sous le torse cavé d'Egon Schiele, il finira bien par s'abandonner avec soulagement à la voracité d'un œil qui ne le nargue pas. Il a une telle soif de s'abandonner, comme tous les autres.

Dans le corridor flotte quelque chose d'inhabituel, parmi les tourbillonnantes molécules d'air que le départ de Julius Einhorne a perturbées. Une fragrance de Chanel éventé, de lainage moite, de larmes diluviennes.

Je les vois, tout à coup. Deux pots de confitures alignés vertueusement contre le mur tout à côté de ma porte, coiffés d'un mignon tissu à carreaux qui dissonne dans l'obscurité délinquante du corridor.

Confiture de groseilles. Je reconnais de loin les cadavres blafards qui tanguent dans le formol du sirop, libérant une odeur qui rampe effrontément partout. Le parfum confit du passé qui se retourne dans sa tombe, le parfum de Julienne.

Un papier, arraché à quelque liste d'épicerie ou à quelque chéquier, est entortillé autour des deux pots. Couvert d'une écriture torturée dont je devine déjà les premiers caractères. *Maman, c'est maman.*

Je m'empare du papier, que je froisse dans le fond de ma poche. Je laisse là les pots de confitures, debout dans le corridor comme de petites sentinelles ridicules, abandonnés à la convoitise des quidams ou des coquerelles qui, les premiers, se présenteront.

Ce que j'ai été n'a plus cours ici. Les gluantes réminiscences peuvent bien tenter de se lover contre moi, elles glissent, elles s'éboulent dans un grand flouch de bêtes mouillées. Je suis un velcro non adhésif, un Sahara sans cesse purifié par le vent, sans cesse.

PORTRAIT DE PAULINE

C'est la nuit, enfin, le moment de libérer ses créatures intérieures les plus effarouchées, celles qui ne parviennent pas à imposer leur voix maigre parmi les vacarmes du jour. Je repose comme dans la paume fraternelle d'un géant, la nuit, tandis que des gnomes s'ébrouent dans ma tête et se mettent au travail : les formes surgissent exactement comme il faudrait les saisir sur la toile, et la couleur qui m'est destinée et que je traque depuis si longtemps se fraie un chemin jusqu'à moi, parmi ses éblouissantes complémentaires.

Nous sommes plusieurs corps étendus sur le côté, ici, une manière de Trinité familiale qui joue du coude dans l'exiguïté de ma demeure. Il y a le corps mort, qu'il faut langer et bichonner comme un marmot irresponsable ; il y a le corps actif, sur qui a injustement dégringolé la totalité des besognes depuis que le premier fait le bellâtre-au-bois-dormant ; il y a le corps interne, l'inflexible état-major qui contrôle la situation et émet des diktats sans tolérer de questions ou de mutinerie.

La nuit, toutes les deux heures, le corps interne réveille le corps actif et lui intime l'ordre de tourner de côté le corps mort. C'est là une routine essentielle à la circulation des liquides et au bon fonctionnement de la quincaillerie. Nous obéissons à notre propre commandement, groggy et vaguement bougonneux, puis nous nous rendormons jusqu'à la prochaine semonce. Nous sommes de dociles fantassins dévoués à notre cause.

J'entends le fracas que ne fait pas Lady, encore ployée sur sa table de travail à cette heure avancée de la nuit. Je me suis résolu à ne plus regarder dans cette direction, à condamner cette fenêtre qui ne pouvait à la longue que donner sur du déséquilibre et de l'obscurité. D'ailleurs, je ne manque pas de fenêtres, j'ai toutes les autres grandes ouvertes sur le monde, bien suffisantes pour me fournir en lumière vitale et en illuminations.

J'entends surtout Maggie qui geint et rit dans son sommeil, réfugiée sur le côté droit de mon lit qu'elle secoue de ses rêves exaltés. À la tombée de la nuit, elle a surgi chez moi avec une valise qu'elle avait oublié de remplir, bégayant toutes sortes de contradictions délirantes — il veut me tuer il m'a battue c'est horrible Max, il m'aime je l'aime c'est extraordinaire qu'il m'aime —, défaite et victorieuse, saoulée par le cocktail explosif de la douleur et de la jubilation impudiquement entrelacées.

— Regarde-moi, prends-moi dans tes bras, touche comme j'ai mal, Martin qui était si doux et qui m'aimait qu'il disait et qui m'appelait « ma chchatte ma chchouette », complètement déchaîné un animal à coups de pied et de poing quand je lui ai dit doucement, je te jure très doucement, je ne sais pas d'où c'est venu où il cachait avant toute cette noirceur et

44

ces mots effrayants qui avaient l'air fou dans sa bouche, « truie, je vais te tuer, je le savais que tu étais une truie », moi qui pourtant me sentais pure en dedans, tellement au-dessus de moi-même, rendue haut et meilleure paisible comme une étoile, oh Mortimer Mortimer Gérald Mortimer quand nous nous sommes retrouvés seuls dans la même pièce immédiatement entre lui et moi je n'ai jamais vécu cela une telle chaleur, moi qui prenais l'amour pour un petit chandail doux et confortable alors que c'est plein de vertige et d'hallucinations comme si ton noyau voulait te quitter pour se coller contre le noyau de l'autre, ou comme une terre avec du feu grouillant dans son centre et toute l'écorce qui craque fond et fend, il criait, Martin, « ma truie, attends un peu, ma truie », et je me disais ce n'est pas à moi qu'il parle il dit des folies il plaisante quelle drôle de façon de plaisanter, puis le premier coup est parti et les autres après tout de suite, je me disais je vais mourir c'est donc comme ça qu'on meurt, au moment même où on commencerait à vivre...

Elle dort quand même, pauvre belle Maggie, si peu truie, si contusionnée et bleuie d'un bout à l'autre, sauf au visage qu'elle est parvenue à soustraire aux déferlements de cette guerre inopinée, et sauf au cœur, qui lui trépigne intact sous les assauts infiniment plus virulents de l'amour fou. Elle rêve de Gérald Mortimer même si ce sont les traces de Martin qui la parafent partout, tant est plus fort que tout le besoin d'être heureux.

Ce n'est pas une première. Les femmes, souvent, se retrouvent comme ça dans mon lit sans que j'aie eu le moindre petit doigt à lever pour les y convier.

Casanova à roulettes, je sévis à mon insu, j'entraîne dans mon sillage horizontal de capiteuses beautés que les Rambo Erectus s'échinent en vain à épingler. Dans quel état, il faut dire, dans quel état. L'âme en charpie, éclopées jusqu'à la moelle, dévastées par les vacheries de la virilité ambulante, sanglotant d'acerbes réquisitoires contre LES HOMMES, cette espèce dangereuse à laquelle elles estiment, à première vue, que je n'appartiens guère. Je les écoute, je les effleure à peine, les femmes écorchées sont à manipuler avec une effrayante circonspection.

Cette époque est idiote, qui n'en finit plus de dresser l'un contre l'autre ce qui est fait pour se mêler, frappant les hommes d'incurable culpabilité dont ils émergent en brutes épaisses ou en mollassons racornis, muant les femmes en hypocrites vierges offensées qui affichent des décolletés audacieux pour mieux émasculer la main qui osera s'y aventurer. Temps faste pour les eunuques.

Je sais bien, hélas, que les femmes qui se pelotonnent contre moi sont des boat people épouvantées qui fuient les radeaux trop râpeux de l'existence, qui se languissent du paradis originel où pullulaient sur une terre enfantine des êtres mous, des animaux non combatifs. Terre fictive, à l'usage de lénifiants pacifistes. Un animal qui perd sa combativité est un animal mort, ô combien suis-je bien placé pour le savoir.

Certaines femmes qui se pelotonnent contre moi ne veulent plus bouger, croyant avoir trouvé pour toujours une âme-frère, un nounours qui endormira leurs frayeurs, un père et un fils enfin immobiles dans leurs rets avec qui revivre impunément leurs œdipes avortés. Je les chasse avant qu'elles se soient creusé un nid. Je sais être cruel, j'ai gardé cela de ma virilité initiale.

Je ne pourrais aimer que les fortes, celles qui se font justement rares dans mon lit, les kamikazes qui continuent de guerroyer sur le terrain avec les mâles de leur époque, des éclats de shrapnel dans les cheveux.

Pauline, par exemple, n'est pas une forte.

Pauline est assise sur mon sofa, exactement entre les cuisses d'Egon Schiele qui se masturbe au-dessus d'elle, à demi nu dans sa veste marron, la chair défaite et translucide. Pauline aussi est habillée de marron, mais ses cuisses à elle sont fermées et vêtues. Pauline se tient toujours ainsi, les jambes fermées jusqu'aux genoux en position de chasse-neige, les bras agrippés l'un à l'autre comme un vieux couple. Egon Schiele crie : regardez-moi. Pauline chuchote : ne me regardez pas. Mais cela revient au même ; n'importe qui, placé devant ces deux-là que la conscience de soi étrangle à petit feu, voit bien que cela revient au même.

Pauline monte souvent chez moi en revenant de sa boutique d'aliments naturels. Elle m'apporte des algues, des herbes, des légumes cultivés sous des tentes à oxygène, hors de toute irradiation nocive, qui n'ont tellement rien connu des bactéries contemporaines qu'ils se ratatinent de terreur aussitôt lâchés sur mon comptoir. Elle ne vient pas expressément poser pour moi, mais elle se retrouve malgré tout chaque fois assise sur mon sofa à s'étreindre dans ses bras tandis que je la saisis à la plume, dans son entortillement douloureux. Au début, elle n'acceptait pas du tout que mon regard se rive ainsi sur elle et la dépouille de sa clandestinité. Maintenant, elle se laisse faire, elle ne me voit plus.

Pauline voue à l'Art un amour opiniâtre, bien maigrement payé de retour. Elle a lu tous les livres et hanté tous les musées, elle maraude dans les galeries comme une lancinante Sherlock Holmes à l'affût d'indices incriminants, elle cherche une vérité limpide qui la fendrait comme un couteau, mais la vérité se dépenaille entre ses mains tandis qu'elle l'éviscère, la vérité n'existe pas. Gauche et effrayée, elle s'embusque dans les ateliers, elle scrute les artistes en train de livrer *live* leurs épiques combats, elle scrute les truelles et les ciseaux qui voltigent et les œuvres qui jaillissent dans leur placenta de térébenthine et de glaise, mais il n'y a d'apaisement nulle part pour l'anxiété qui la taraude, nulle part de réponse à la question fondamentale, comment mais comment faites-vous, comment choisissez-vous des images parmi les cloaques terrifiants de l'intérieur, comment parvenez-vous à créer quelque chose de ce qui n'est encore rien, comment COMMENT ?

Et Pauline s'acharne, elle chemine obséquieusement aux côtés de l'Art en épiant les gestes bénis des élus dont elle se dit qu'elle ne sera jamais. Et l'Art, qui existe pourtant à seule fin de grandir l'être humain et de le consoler de sa finitude, n'arrive qu'à la terrasser et à lui infliger un inconsolable sentiment d'indignité.

Aujourd'hui, Pauline prend du temps à parler. Elle oscille sur le sofa à la manière d'une pythie. Elle regarde intensément le plancher, devant. J'entends l'air circuler entre ses lèvres par petits jets irréguliers, comme à regret. Pauline l'inconsolée. À défaut de mieux, je la dessine en y mettant tout ce qu'il faut, toute l'affection qu'il m'est impossible de lui prodiguer.

— Où on est, maintenant ?... C'est quoi, notre époque ?... Avant, c'était si simple, ça paraissait tellement transparent, les tendances étaient propres, nettes. Pense à ça : toute l'histoire de l'art, depuis le début, se résume à deux tendances, toujours les mêmes. Le classique et le baroque. Ou la sobriété et l'exubérance, ou l'imitation de la nature et le désir de changement, ou l'épuration et le foisonnement, ou l'idéalisme et le réalisme, on peut les appeler comme on veut. Toujours le même balancier régulier entre les deux, on pouvait savoir où on en était, toujours, l'un qui chasse l'autre quand il devient trop prédominant, le jeune qui pousse le vieux et qui devient vieux à son tour et qui est poussé par un jeune qui deviendra vieux. Toujours lorsque l'équilibre et la certitude ont semblé atteints quelque part, toujours ça a commencé à s'effondrer et à être remplacé par quelque chose d'équilibré et de sûr, le yin et le yang, exactement. Je t'emmerde, hein ?... si je t'emmerde tu me le dis, je me tais, Laurel ne se gêne pas, lui, pour me montrer quand je l'emmerde, son yang à lui me pousse sans ménagement dans le yin... Tu ne l'as pas vu, Laurel, récemment, tu ne l'as pas vu avec sa moustache, son espoir de moustache, tous les jours depuis que ces quatre cinq misérables poils lui sont sortis sous le nez il se poste devant le miroir et il les tiraille dans tous les sens pour encourager leur multiplication, sans arrêt il se caresse la lèvre supérieure comme s'il avait là une toison de mammouth, pauvre chéri quatre poils au plus je te jure, il a tellement hâte d'en être couvert, drôle, drôle et pathétique, le syndrome de King Kong sans doute, tellement hâte d'être fort et velu et de pouvoir écrabouiller le monde d'une seule main, un bébé encore un enfant, dix-sept ans je sais bien, mon Dieu dix-sept ans déjà, comme le temps va, comme tout se sauve à train d'enfer... Alors je pensais à ça, je revoyais tous ces siècles qui se répètent sans le savoir, avec leurs deux mêmes uniques pulsions, toujours : les Grecs classiques envahis par des hellénistes qui bousillent leurs beaux corps parfaits, le byzantin stylisé qui se voit chassé par le réalisme des Flamands qui est éclipsé à son tour par la Renaissance qui redécouvre la beauté des beaux corps parfaits, mais hop ! arrive le maniérisme qui m'étire et m'anarchise tout cela jusqu'à ce qu'un nouveau classicisme arrive qu'on appelle la Réforme et qui devient trop lourd et oppressant, alors c'est la Contre-Réforme et le baroque, mais le baroque devient trop baroque et chargé et ampoulé et rococo et n'importe quoi et débarquent alors des petits jeunes néo-classicistes qui s'ennuient du bon goût et de la rigueur, mais le bon goût ah c'est fatal devient de l'académisme froid et sec, ça fait que les romantiques se pointent, bien sûr, avec la nostalgie du rêve et de l'irrationnel, Delacroix qui ricane en regardant le vieil Ingres et ses formes pures, la couleur qui piaffe d'impatience et qui veut me gommer cette insignifiante ligne rectiligne... Et puis après, les expressionnistes qui viennent torturer le trop joli impressionnisme, l'art abstrait qui met un frein pur et dur au figuratif onirique... Toujours, toujours, toujours... Il y avait de l'ordre, pendant tous ces siècles, il y avait un ordre, le monde a besoin d'ordre. On ne peut pas faire confiance à une époque où tout est confus, où c'est le chaos partout.

Cinq ans auparavant, je me suis trouvé tout naturellement sur la trajectoire de Pauline alors qu'elle arpentait le boulevard Saint-Laurent à la recherche d'ateliers de peintres. Au début, il n'y a eu que la peinture entre nous, ce qui était déjà considérable, mais derrière le regard sur la peinture il y avait l'âme blessée de Pauline qui affleurait à tout moment et qui n'attendait que l'occasion pour bondir se blottir dans les bras de quelqu'un.

Parfois, les occasions immobiles, comme moi, prennent tout à coup une valeur marchande vertigineuse quand on n'a eu affaire avant qu'à des itinérants du sentiment.

Au début, donc, Pauline était debout et étudiait mes toiles. Après, elle était assise sur mon sofa, les jambes fermées jusqu'aux genoux, mais une brèche béante dans les yeux. Un peu plus tard elle se trouvait avec moi sur Fidèle Rossinante. La nuit d'après, elle se trouvait dans mon lit. Si étroitement pelotonnée qu'il devenait difficile pour mon corps actif d'obéir à mon corps interne lui intimant l'ordre de tourner mon corps mort.

Attachante Pauline. Le charme sinueux de ceux qui sont persuadés de n'en pas avoir, et une vie à rebrousse-poil, toujours bondée de désillusions et de traquenards, dans laquelle on ne pouvait que souhaiter s'immiscer pour une fois en événement heureux. Attachante, oui, dans le sens aussi de ce qui lie avec l'inéluctable du garrot, attachante comme l'araignée qui immobilise sa proie gigotante.

Un mois après notre première rencontre, elle avait fait construire une rampe d'accès à l'extérieur de sa maison et aménagé à l'intérieur un atelier de peintre. Et elle attendait, avec une effroyable certitude, que je roule ma vie jusqu'à elle jusqu'à la fin des temps.

— Maintenant, il n'y a plus rien de fiable, maintenant il y a de tout et tout s'appelle de l'art même si c'est bancal et horrible et improvisé par des gens qui n'ont jamais su dessiner de leur vie, c'est le chaos qui mange tout, c'est le rococo qui ne finit jamais, le rocochaos. Il faut de l'ordre dans la vie. Je rentre chez moi toujours à la même heure, en revenant de la boutique, et Laurel est toujours là et il dit : c'est toi, Pauline ? avec sa voix de mari occupé puis il retourne à son ordinateur, il a déjà commencé le repas mais j'y ajoute quelques petites douceurs surprises, des algues rouges à l'ail, ou un très bon fromage de chèvre, des sushis, du gâteau au pavot, et nous mangeons en écoutant de la musique et nous parlons très peu mais nos silences sont accordés et calmes comme une symphonie, et après, il s'assoit à côté de moi et il me tient par le bras en écoutant les nouvelles et il s'endort souvent en s'appuyant la tête sur mon épaule... On croit que c'est l'enfer ces petites choses qui reviennent toujours les mêmes et que ça ne peut qu'exsuder un ennui mortel, mais c'est le bonheur au contraire, c'est l'essence la stabilité du bonheur, précaire bien sûr, toujours à la merci du chaos. On ne sait pas pourquoi ça commence, le chaos, ni comment surtout, c'est hypocrite, des fois, ça n'a l'air de rien, ça peut s'infiltrer à cause d'une insignifiance, un coup de téléphone par exemple, ou l'horaire qu'on bouscule un tout petit peu, il ne faut pas bousculer les horaires... Je suis rentrée plus tôt de la boutique, je l'ai surpris au téléphone, il parlait à quelqu'un de cet organisme, Parents Retrouvailles ou Recouvrailles ou Découvrailles, quelque bâtard nom comme ça, et qui s'occupe de retrouver les parents biologiques, *biologiques* ça me fait rire, comme s'il s'agissait de luzerne ou de petits pois, et il prenait des notes et puis tout à coup il m'a vue, il a refermé le téléphone avec ce geste comique et irritant le doigt sur son fantôme de moustache, il y avait quelque chose de changé dans ses yeux, d'embrouillé et de flou, de... de baroque tu vois, il est parti dans sa chambre moi dans la mienne, deux étrangers hostiles dans un hôtel de passage, et je suis restée assise là sur mon lit des heures sans être capable d'aller lui parler, je sentais que ça y était, le travail était commencé, le travail du chaos, mon Dieu, qui jette toutes les vies par terre...

Je n'arrête pas de la dessiner, même lorsqu'elle vacille ainsi sur le bord du gouffre. Ils s'approchent tous tôt ou tard de leur gouffre personnel, ceux qui viennent se poser sur mon sofa, et il ne faut pas interrompre leur plongée solitaire, c'est une chance de pouvoir se pencher sur ce qui s'agite en bas dans ses propres abysses en compagnie d'un témoin qui peut vous retenir, au dernier moment.

Je suis leur garde-fou de dernière instance, eux qui prolongent mon corps sans le savoir. Il y a de pires libres-échanges.

Pauline s'ébroue, se lève. Elle regarde l'encre par-dessus mon épaule, avec une moue fataliste.

— Des bras, soupire-t-elle. Pourquoi tu ne dessines toujours que mes bras, des bras, comme si c'était tout ce que j'avais ?...

J'entends un bruit, de l'autre côté de ma porte. Des mains cherchent une sonnette qui n'existe pas, ou un heurtoir, quelque objet de transmission civilisé entre mon dehors et mon dedans. Désemparé, ça frappe. Je vois tout, comme si je me terrais invisible dans le corridor : le petit poing fermé, l'odeur de laine et de vieux Chanel, le chapeau à cloche qui tressaille à chaque coup porté. Ça frappe. Elle frappe.

Je fais signe à Pauline de ne pas ouvrir, mais il est trop tard : Pauline, qui a un commerce et l'habitude de ne rien laisser moisir devant une porte close, s'est déjà précipitée.

Julienne esquisse deux pas incertains dans la pièce.

Elle voit d'abord Pauline, et cela la ralentit imperceptiblement. Puis elle voit Maggie, qui vient d'apparaître, contusionnée, au deuxième niveau de mon appartement, et cela l'immobilise complètement.

Il y aurait là un tableau à faire, ces trois femmes soudain au garde-à-vous en un triangle équilatéral parfait, sorte de remake, contemporain et habillé, des Trois Grâces : mais les temps sont devenus plus âpres, il n'y a plus lieu de danser, les Grâces se toisent maintenant avec méfiance, et leurs chairs meurtries ont fondu en même temps que leur insouciance.

Le tableau se défait, Julienne ne pouvant en supporter davantage.

— Tu as quelqu'un, dit-elle en reculant. Je reviendrai.

Cette fois, d'elle-même, elle s'en va.

PORTRAIT
DE RECOMMENCEMENTS

Je travaille tôt, le matin. Lorsque le téléphone sonne, je laisse le répondeur socialiser à ma place, le temps de commencer à être disponible ne serait-ce qu'à moi-même. Ce matin, distraitement, j'ai décroché.

— T'as la même voix, Long Man ! La même même fantastique voix !...

— ...

— Ne fais pas ton smart, ton finfin, ton « je ne vous replace pas, mon dou, madâme »...

Il aurait fallu raccrocher tout de suite. J'ai fait le geste, pourtant, le récepteur est allé frôler le socle de quelques centimètres et est revenu tout seul se jucher contre mon oreille. Tout seul, je le jure.

— Tu m'as reconnue, l'autre soir. Ne nie pas. Tu m'as vue par la fenêtre et tu m'as reconnue en même temps que moi je te reconnaissais. Oui ou non ?... Tu t'es aussitôt volatilisé comme sur des roulettes. Oui ou non ? Ose dire que non.

C'est une guerre comme une autre, après tout : j'en ai connu de tellement virulentes, après le Big

Bang, que je ne sais plus ce que je pourrais craindre, que je ne crois plus avoir le courage de craindre encore quelque chose.

— Oui. Oui, Lady.

— « Oui, Lady » !... Djisus ! Comme tu as l'air souffrant, en disant ça... LADY... Ça fait un siècle, plusieurs siècles qu'on ne m'a pas appelée comme ça !... Lady !... J'aime ça. Pourquoi je n'ai pas fait inscrire LADY sur mon baptistaire ?

— Comment vas-tu ?

— Oh. Comment je vais-je. Je vais-je très très bien. Et toi, comment vais-tu ?...

— Très très bien.

— Tu ne vas pas me faire ça, Long Man. Tu ne vas pas commencer à me parler constipé. Travailles-tu pour le ministère des Affaires culturelles, cou donc, ou la Sogic, ou quelque autre cravaterie comme ça ?

— Non. Mais je suis quand même en train de travailler, tu vois.

— Je te dérange ! Je te téléphone tous les vingt ans et je te dérange. Me feras-tu l'honneur, au moins, de me regarder dans ta fenêtre, qu'on se fasse ne serait-ce qu'un be-bye ?

— Non.

— Bon.

Silence. Quand sa voix revient, elle est toute molle, comme un morceau de papier qui a pris l'eau.

— Tu m'en veux. Tu m'en veux encore. Bon. C'est quand même extraordinaire que je me retrouve comme ça en face de ton chez-toi. C'est ton chez-toi, non ? Ou le chez-toi de ta femme, d'une de tes maîtresses, de ton amant, est-ce que je sais, moi ? Es-tu devenu aux hommes, au fait ?

— Non.

— Tant mieux. Tellement de beaux hommes, partout, irrémédiablement perdus pour les doubles chromosomes X. Il reste seulement de la scrap. Bon. Je me disais comme ça qu'on pourrait peut-être prendre un verre ensemble, en souvenir du bon vieux temps. Un verre d'eau, si tu préfères.

— Non.

— C'est comme tu veux. Es-tu marié, as-tu des enfants ?... Juste pour parler un peu.

— J'ai pas d'enfants.

— Qu'est-ce que tu faisais, qu'est-ce que tu fais dans la pièce où je t'ai vu et où je ne te vois plus ? Tu peins, c'est ça ? Sans blague, tu es devenu un vrai peintre ?

— Un vrai, je sais pas. Un, en tout cas.

— Fantastique. Moi, devine !... J'écris, je veux dire, j'écris pour vrai, y a du vrai argent qui rentre quand j'écris. C'est fantastique, hein ?... C'est comme on avait dit qu'on ferait, Long Man, c'est rare, non, exactement ce qu'on avait dit qu'on ferait quand on serait deux petits vieux.

— Oui.

— « Oui » ! Bon. Je te laisse puisque je te dérange, je te souhaite je sais pas quoi, des choses heureuses, une belle vie, comme on dit. À la prochaine, peut-être. On peut peut-être se croiser par hasard dans la rue dans une dizaine de jours ou d'années, hein, y a des chances, des malchances comme ça...

— Oui.

— « Oui » !...

Elle a raccroché sec, sans dire bonjour ni rien. C'est à ce moment-là que je me suis aperçu qu'avec mon exacto je m'étais machinalement (machinalement ?) entaillé la main, la moins valide, la un peu tordue, et que ça saignait sur ma table.

Une fois, on courait, une fois parmi tant d'autres, on courait parce que la lenteur freine l'intensité et que le bonheur donne des ailes de dragon aux rampants de cette planète, on était trois parmi tous ces uns complètement seuls dans leur ombre, mon amie Lady mon ami Purple de chaque côté de moi, moi Long Man en souvenir d'un mièvre western qui nous avait soutiré des fous rires, on serait trois comme les autres sont deux jusqu'aux jours lointains de notre impossible vieillesse, on courait avec absolument rien devant de sombre ni de menaçant à des années-lumière car le bonheur donne aussi des œillères avec les ailes, on courait et quand on s'est arrêtés de courir on était dans les épinettes du boisé de Duchesnay sur de la mousse hospitalière comme une couette tandis que se fomentait l'inimaginable, on s'adonnait à d'inoffensives explosions tandis que le grand, le supersonique Big Bang allumait clandestinement ses feux de départ sur la mousse, dans les épinettes, entre les trilles cascadants de la grive et les jambes bronzées de Lady...

— C'est moi. Je te dérange ?

Gérald Mortimer est demeuré à l'orée du sofa, plus discret qu'un catafalque de pauvre. Il a son air des mauvais jours, une homogénéité redoutable dans la noirceur du regard et des vêtements. Ça tombe bien, je me sens d'humeur abominable, moi aussi, je broierais précisément du noir, de quelque nature qu'il se présente. Il se met à rectifier l'angle des autoportraits près du miroir, il bouscule cent fois le Dürer avant de finir par l'empoigner et le décoller du mur.

— Qu'est-ce que tu fous avec cette tête de blondy souffreteux dans la face ?... Il te lève pas le cœur avec son air d'angelot qui a fait pipi dans sa culotte ?... De la frime le dessin, de la frime organisée partout la peinture, il faudrait jeter tout ce qui s'est fait pendant des siècles, brûler tous les dégueulis humains jusqu'au trognon, couper les mains aux hommes dès leur naissance pour qu'on arrête de polluer le paysage avec nos christs d'états d'âme et d'images civilisées alors que c'est le néant qu'on sème partout, on retourne à l'âge de pierre et on s'en rend même pas compte, christs de bipèdes hypocrites...

Dans la salle de bains, la voix de Maggie qui chante nous parvient tout à coup, distordue par le giclement de l'eau, « je foncerai comme un ours aux pattes de velours... », sa voix chambarde joyeusement les aigus et les basses, plus fausse qu'une viole désaccordée. Mortimer fige, frappé par la foudre. Il rougit, il replace le Dürer sur le mur, en rectifie la position une fois, trois fois, il resterait là des heures agglutiné contre le mur à peaufiner l'ordre des choses comme un Dieu atteint de démence ménagère. Je lui ordonne de me regarder en pleine face et d'enlever de sur mes reproductions ses pattes sales de bipède hypocrite.

Je sais ce qu'il a. Il a l'amour cancérigène, il a la fièvre paniquante de l'amour. Il combat de toutes ses forces, ses anticorps haineux rameutés tant bien que mal autour. Depuis le temps qu'il se traite en protectorat inviolable, qu'il placarde partout des interdits d'entrer, il n'a pas vu se faufiler le maquisard, bien au-dessus de la ceinture, il ne comprend pas la trahison de ses terres privées, qui s'ouvrent fertiles et accueillantes au drapeau de l'ennemi. Et il gît, terrassé par ce qui transporte les autres, tellement éloigné de lui-même qu'il prend pour du désespoir ce qui n'est que de l'extase.

Ressaisis-toi, Gérald Mortimer, je n'ai que faire de ces langueurs et de ces moiteurs de chevalier transi, je veux du service, christ, je veux de l'efficacité, je ne te tolère pas ici pour que tu te pétrifies sur place à l'instar d'une de tes horribles sculptures, je n'endure pas que tu stagnes autour comme un imbécile d'estropié dans sa chaise roulante, je veux du mouvement, BOUGE !... Il se ressaisit.

— Excuse-moi. As-tu besoin de quelque chose ?

Je lui dis que cette fenêtre, devant, me gêne. Il me faut une toile pour la bloquer complètement, je ne supporte plus de voir l'appartement d'en face ni d'en être vu, j'abhorre être livré en pâture pendant que je me concentre sur mon travail. Il s'étonne.

— Tu m'as toujours dit que tu détestais les stores, les rideaux...

Justement. Je ne veux pas de stores, de rideaux, je veux quelque chose d'arachnéen et de rigide à la fois qui laisse filtrer la lumière tout en empêchant les intrusions extérieures, je veux qu'il invente ce matériau s'il n'existe pas déjà. Il me regarde fixement.

— Quand te faut-il ça ? dit-il.

La journée est jeunette encore, je lui dis que la fin de l'après-midi me semble une échéance raisonnable. Il tique très légèrement, il jette un regard oblique vers la salle de bains dans laquelle Maggie n'en finit plus de se purifier. Il avait d'autres projets, forcément.

— Très bien, dit-il.

Il déroule son galon, il prend des mesures, son dos félin s'enroule et se déplie devant la fenêtre qui donne sur l'appartement vénéneux, momentanément déserté. Il travaille sans s'en douter à éteindre les derniers soubresauts de Lady dans ma mémoire. Il s'est mis à siffloter inconsciemment, son corps connaît, lui, la nature bénéfique du mal qui le ronge, son corps a toujours eu une longueur d'avance sur les circonvolutions ténébreuses de son cerveau. Il inscrit les mesures dans le calepin qui ne le quitte jamais. Je décide de lui porter un grand coup. Je lui dis que je ne sais pas, au sujet de Maggie, je ne sais pas si cette histoire entre eux me plaît, à bien y penser.

Il prend le temps de ranger son crayon et son calepin. Il s'assoit en face de moi. La petite veine de sa tempe s'affole. Je vois bien que l'acceptation stoïque du verdict tente de se rendre jusqu'à lui, mais il n'y a pas de chemin pour elle, pas de route encore carrossable. Je l'observe, je reste impassible, un monolithe de méchanceté impassible.

— Bon, crâne-t-il. Aussi bien que tu le dises maintenant. Je peux encore tout arrêter, si tu y tiens.

En même temps, il perçoit soudain avec acuité ce qu'il est en train de perdre, une accalmie dans sa vie hérissée de violences, quelques heures de trêve pour s'assoupir un peu, à vrai dire peu de chose, juste de quoi rendre l'existence supportable. Il pâlit. Il parvient à me sourire.

— Après tout, dit-il, ce n'est encore qu'une histoire de cul.

Sa voix, ébréchée mais vaillante comme un guérillero, me tue. C'est assez, Gérald Mortimer, nous avons suffisamment joué aujourd'hui. Fabrique-moi cette toile merveilleuse et disparais avec Maggie dans un autre monde que je t'ordonne de rendre meilleur, sois heureux avec délectation et stupre et ineptie comme dans les pires chansons de Julio Iglesias, m'entends-tu, j'exige que tu sois amoureux.

— Es-tu sûr ? demande-t-il, tourmenté.

Maggie sort de la salle de bains, et tout s'en trouve instantanément incendié. Elle a emprunté une de mes chemises à manches longues pour dissimuler ses ecchymoses, mais il y a fort à parier que ses ecchymoses ne connaîtront qu'une brève clandestinité. Mortimer ne lui lance qu'un regard, qu'elle capte aussitôt, le désir qu'ils ont l'un de l'autre est si manifeste et effrayant que je recule un peu pour ne pas me retrouver pulvérisé par leurs rayons radioactifs.

— Ta baignoire est extraordinaire, Max, on y resterait des années, dit Maggie avec un sourire extatique qui ne m'est pas destiné.

— Ça fait justement une couple de siècles qu'elle marine dedans, dit Mortimer, avec un rictus douceâtre qui feint de m'être adressé.

Il est venu la chercher pour l'emmener chez lui, dans son antre de loup férocement solitaire. Il n'est pas question qu'elle demeure plus longtemps chez Martin, après les sévices que ce misérable éconduit vient de lui faire subir, il n'est surtout plus question qu'ils se trouvent hors de portée l'un de l'autre, avec la sorte de faim qui les tenaille. Sa valise vide est on ne peut plus légère. Il s'en empare quand même, soucieux d'agir dans les formes. Maggie vient m'embrasser maladroitement, minaudante soudain comme une dame patronnesse.

— Merci vraiment infiniment pour ton hospitalité, Max...

Je lui dis que n'importe quand, chérie, mon lit lui reste ouvert. Elle n'apprécie pas la plaisanterie, elle avale de travers, avec une œillade inquiète en direction de Mortimer.

Après qu'ils sont partis, je m'approche des fenêtres qui donnent sur Saint-Laurent pour les regarder marcher dans la rue. C'est bien ainsi que je les imaginais, ils s'en vont sans se regarder parce que tout leur corps a maintenant des yeux, sa main à lui est tapie dans la brousse de ses cheveux à elle, elle le tient par la cuisse comme par une ganse délicate, ils forment une bulle lisse et aveuglante et parfaitement invulnérable contre laquelle les automobilistes percuteraient en rebondissant s'ils ne mettaient pas les freins.

Leur départ m'abandonne à mon travail, que je ne parviens pas à remettre en route. Quand on vit seul, les gens qui surviennent ébranlent l'édifice de silence qu'on avait laborieusement érigé. Après, quand ils repartent, il manque des morceaux, ils laissent des béances, et tout ce qui s'imbriquait harmonieusement vacille sur ses bases. Il faut se dépêcher de colmater les brèches, il faut reconstruire. Cela n'est jamais acquis, être seul. Cela prend du temps, ne manquer de rien.

Les bains sont de magnifiques activités de reconstruction solitaire.

Ma baignoire n'a rien d'extraordinaire, quoi qu'en dise Maggie : elle s'écaille par endroits et ses pattes se fendillent, comme un batracien qui aurait beaucoup vécu. Bien sûr, elle a le corps long : c'est tout ce qu'on leur demandait, à l'époque, à l'époque où les gens étaient plus grands peut-être, plus frustes sûrement, et où ils traitaient les baignoires en animaux de ferme qu'on parque dans un coin obscur. Les baignoires, maintenant, sont de jolis caniches roses ou pêche, elles s'encastrent gracieusement près des plantes foisonnantes, des lampes à halogène, des lecteurs de disques au laser, et elles ne parviennent à vous contenir que plié en quatre.

Entrer dans ma baignoire ne me prend à présent qu'un quart d'heure.

Il y a bien sûr le dépouillement des vêtements, qui nécessite un sens aigu de l'équilibre : j'ai appris, avec les années, à me dépiauter de mes pantalons et de mes chaussettes en oscillant rythmiquement sur les bras d'un côté et de l'autre, telle une barge prise au milieu des flots démontés. Le plus ardu vient après, quand il faut transborder de Fidèle Rossinante à la baignoire le corps mort : cela se fait en portant un grand coup, d'abord, les deux bras devenant les piliers forcés de cet édifice précaire, puis cela continue par petites reptations sournoises et répétitives : un bras encaisse tout le poids tandis que l'autre déménage d'un centimètre les jambes, une à la fois — par chance, il n'y en a que deux (les choses pourraient être pires : je pourrais être né octopode ou mille-pattes...). Passer du rebord à l'intérieur de la baignoire tient de la haute voltige : j'y récolterais chaque fois une médaille d'or, si les éclopés avaient leurs propres olympiades (ils les ont, c'est vrai, pardon : lancer de la prothèse, nage synchronisée de fauteuils roulants, applaudissons les paralympiens).

Parfois, arrivé enfin à destination, je m'aperçois que j'ai omis quelque chose — remplir la baignoire, par exemple —, et j'en suis quitte pour refaire tout le périple à rebours. Aujourd'hui, l'omission n'est pas de moi. Maggie a replacé négligemment le savon sur le rebord de la fenêtre, là-haut, sur le territoire des géants qui m'est désormais inaccessible. Je choisis de m'en passer. Je reste dans l'eau tiédissante le temps qu'il faut pour me refaire des forces.

Les gestes quotidiens — se lever, se nourrir, excréter, se raser... — ont tous acquis un poids qui ne me permet plus de les traiter avec désinvolture : ouvrir ou fermer la porte de chez moi, ou décider de me lever en pleine nuit pour travailler, ne peuvent être que l'aboutissement d'une décision irrévocable, mûrement réfléchie. Le temps que je mets à les accomplir les a ennoblis. Ils sont devenus, tous, des champs de bataille sur lesquels je remporte de petites victoires chaque jour, des adversaires intègres qui exercent sans cesse ma vigilance.

C'est en me réacheminant, encore ruisselant, vers Fidèle Rossinante que j'ai entendu les tambourinements sur la porte. Il y a eu un silence humide, plein de larmes rentrées, puis la porte, que je n'ai jamais l'outrecuidance de verrouiller, s'est ouverte.

— Maximilien ? a dit la voix de Julienne. Maximilien, es-tu là ?

Je n'y suis plus, pour Julienne, depuis quelques années. J'ai déménagé deux fois sans lui laisser d'adresse, mais elle remonte le cours du temps avec une infatigable patience, elle me débusque à l'odeur, il faut croire, à l'ancienne odeur que je continue d'exhaler malgré les années et les bouleversements. Il n'y a qu'elle, maintenant, pour continuer de percevoir chez moi cette odeur spectrale et pour tenter de la faire remonter à la surface. J'ai cessé de voir Julienne parce que Julienne refuse de me voir, tel que je suis.

Ce qu'elle voit, c'est une victime pathétique, une métaphore pitoyable de l'injustice divine. Elle voit le passé qui se traîne misérablement en chaise roulante, et elle me contamine de ses visions. Et peu à peu, fatalement, le fantôme larmoyant de l'autocompassion se pointe à mes côtés, asphyxié par les pleurs, enveloppé de suaires — pauvre petit Max, regarde comme tu as mal, comme ils t'ont fait bobo, pauvre petit pitou Maxou...

Il faut survivre. Et la survie, souvent, ce n'est pas d'accepter ce que l'on est, mais d'oublier ce qu'on était.

Je dis que je suis né ainsi, sur Fidèle Rossinante, avec cette main difforme et ce corps mort. D'autres ne sont pas nés du tout, ou pis, ne savent pas qu'ils existent.

Elle m'attend, assise sur le sofa, sous le buste tronqué et nu d'Egon Schiele qu'elle a soigneusement évité de regarder. Elle a revêtu à mon intention son petit chapeau en velours perle, celui des occasions capitales. Quand j'arrive finalement de la salle de bains, elle se lève pour venir m'embrasser sur le front avec un sourire d'ambassadeur, d'une exquise politesse. Et pendant toute l'heure qui suit, son regard et son sourire courtois restent rivés là, sur mon front devenu soudain curiosité indigène de grand intérêt.

Elle ne dit pas : « Ça fait deux ans, maudit sans-cœur, tu devrais avoir honte, même les chiens ont plus d'égards pour leur mère. »

Elle dit :

— Il fait chaud pour le mois de novembre.

Elle ne dit pas : « Je me suis fait du sang de punaise, j'étais morte d'angoisse, je ne dors plus depuis des mois, je vieillis deux fois plus vite à cause de toi, tu vas me faire mourir. »

Elle dit :

— J'ai un peu de rhumatisme, mais ça va.

Je lui offre du café. Elle accepte. Elle me laisse le préparer sans intervenir, sans émettre de conseils ni offrir d'accélérer le processus. Assis côte à côte, nous sirotons nos cafés et nous causons civilement, de ces petites choses qui tissent l'inexistence. L'argent qui n'a pas d'odeur et dont on ne voit jamais la couleur, la taxe infâme sur les produits et services, les impôts excessifs sur les rentes des vieillards, la cherté des légumes verts hors-saison. Elle s'enquiert avec affabilité du prix des pots de peinture et de térébenthine.

Ses mains se tiennent tranquilles sur ses genoux. Elle a rangé ses pieds l'un à côté de l'autre, comme des souliers dans un placard. Elle ressemble à n'importe qui d'inoffensif et de bien élevé, la mère d'un ami qui se serait arrêtée en passant pour me donner des nouvelles, l'épouse d'un notable de village. Je me demande comment j'ai pu avoir peur d'elle, quelle perversité me l'a fait tenir à distance si longtemps.

Elle termine son café et refuse d'en reprendre. Elle ne reste que le temps décent pour n'enfreindre aucune règle de bienséance, puis elle se lève. Elle m'embrasse sur le front, elle met ses gants. Cela me vient alors comme la seule chose naturelle à dire, je lui dis de repasser quand elle en aura envie. Je crois voir s'allumer une étincelle dans ses yeux, qui s'éteint tout de suite.

— Je ne veux pas te déranger, dit-elle d'une voix placide avant de sortir sans se retourner.

Plus tard, beaucoup plus tard, je suis couché et je dors, je crois. La nuit est une jungle colorée qui feule autour de moi tandis que je bondis de liane bleue en liane rouge, leste comme un sapajou. Je dors, très certainement.

Une gigantesque tronçonneuse surgit soudain dans les palétuviers, coupant l'arbre sur lequel je viens de m'élancer. Et je tombe, je tombe à travers les cacatoès ébahis et les paresseux à pattes jaunes, j'atterris dans mon lit. À côté de moi, le téléphone carillonne absurdement. Il est deux heures et demie.

— C'est moi, c'est Lady, dit la voix de Lady. Dors-tu, Long Man ?...

Sa voix rauque se dépose à portée de ma main. Le répondeur lui donne tout le temps qu'il faut pour s'installer, pour prendre de l'expansion.

— Réponds-moi, dit Lady. Réponds-moi, for Christ's sake, come on, you didn't use to be such a creeping sleeper !

Elle remplit le silence de sa respiration heurtée. Elle m'attend, elle s'impatiente.

— Ce n'est pas la fin du monde, voyons, réveille-toi, move, Djisus !

La toile que Mortimer m'a fabriquée est tendue devant la fenêtre, irréductible comme un vigile de la Gendarmerie royale. Le salaud a poussé le perfectionnisme jusqu'à peindre sur la toile une sorte d'hyène aux dents phosphorescentes qui vit dans la pénombre, et qui est censée, je suppose, m'alimenter en cauchemars. Ce qu'il ignore, c'est que ses monstres ne servent qu'à effrayer les miens.

— S'il te plaît, adjure maintenant la voix de Lady, submergée par l'humilité. Viens dans la fenêtre, juste deux minutes, fais-moi juste un signe, s'il te pl...

Clac. Le répondeur lui coupe ça, au milieu de ce qui s'en venait menaçant. Je reste immobile, en apparence, mais tout ce qui est encore apte à s'agiter me tressaille à l'intérieur. Je cherche une issue, une solution définitive.

Appeler Mortimer, peut-être, lui demander qu'il s'active les méninges, qu'il fasse illico débrancher mon téléphone, qu'il se débrouille pour qu'on me mute de planète.

Au lieu de quoi, j'allume et j'éteins la lumière, deux fois. Puis je nous tourne sur le côté, tous mes corps devenus boulets de galérien, avec le sentiment d'avoir commis l'irréparable.

L'irréparable n'est pas long à se manifester. Le téléphone sonne, le répondeur répond.

— Merci, persifle la voix de Lady, mauvaise comme aux bons jours. C'est mieux que rien, j'imagine.

Elle raccroche. Mais moi, je reste suspendu là des heures, au bout d'un fil imaginaire, à attendre que le chaos de la nuit s'achève.

PORTRAIT DE LAUREL

Qu'on se le dise. Le corps normal est blanc, adulte, hétérosexuel, masculin, chrétien. Et productif. Les autres corps, les différents, ne sont pas toujours récupérables. Cela dépend d'eux. Cela dépend de leur aptitude à la domestication, à la soumission, de leur degré d'utilité. Sont-ils exploitables, telles les ressources naturelles d'une région périphérique ?... Alors rien n'est perdu, ils peuvent entrer dans la vaste maison de la normalité — par la porte arrière bien entendu — et s'installer dans le coqueron dont personne ne veut, mais d'où il leur sera loisible d'épier les allées et venues de la visite et de humer les fumets des partys.

Les corps différents posent des problèmes à cause de leur improductivité, bien plus qu'à cause de leur différence.

Monsieur Quirion m'observe, par-dessus ses lunettes. Je sais qu'il s'appelle monsieur Quirion parce que c'est la première chose qu'il m'a dite en entrant, avant même de songer à me saluer. Il a ajouté : du ministère de la Santé, et puis : comment allez-vous, et tout était dit, ou presque, il n'y avait plus guère de primeur à attendre de la conversation.

Tous les deux mois, des messieurs et des mesdames Quirion, aux visages disparates mais aux
desseins toujours semblables, se succèdent chez moi.
Ils viennent de la part de ce ministère-ci ou d'un
autre, ils souhaiteraient sincèrement, avec une belle
unanimité, que je me normalisasse, que je m'intégrasse
un tantinet davantage.
Ils ne font jamais de réelle pression. Ils montrent
simplement leur inquiétude, comme devant un petit
dernier irresponsable qui ne ferme pas convenable-
ment sa braguette.

Monsieur Quirion est grand et maigre, avec de
beaux yeux abattus qui louchent un peu en tentant de
faire leur mise au point. Nous sommes nés approxi-
mativement en même temps, je dirais, quoique j'aie
vieilli de cent cinquante ans pendant qu'il en vieil-
lissait de quinze. Ce qu'il vient aujourd'hui me proposer, c'est un travail artistique et bien rémunéré : il
répète ces derniers mots deux fois, comme s'il tenait
lui-même pour inouïe leur juxtaposition. Il s'agit de
peindre des illustrations pour des calendriers, « dans
un style libre, dans votre propre style », m'assure-t-il
en jetant des regards stoïques sur les toiles autour de
lui, où des jambes énormes, des mains étirées, des têtes
séparées de leurs troncs semblent l'enserrer dans un
guet-apens.
Il me donne le numéro de téléphone où me
précipiter. Il attend ma réaction. Je lui demande s'il
faut peindre avec la bouche, ou avec quelque autre
organe dont les possibilités clandestines m'auraient
jusqu'à ce jour échappé. Il commence par protester
énergiquement, puis, flairant le sarcasme, il fronce les
sourcils, peiné par mon ingratitude.

Les corps différents sont des menaces, des fantasmes déraisonnables qui trahissent tous les idéaux de beauté et de grâce sur lesquels l'être humain campe sa foi depuis deux mille ans. On ne les emporte plus hors de la cité pour les tuer, comme à Sparte ou à Rome, on ne lapide plus leurs mères comme à Lacédémone. On ne les enferme plus à double tour avec des chaînes aux pieds — luxe inutile ! — comme au 19e siècle. Maintenant qu'on est civilisés et qu'on a décrété toute vie — même galeuse — sacrée, on les répertorie, on les regroupe par type d'anormalité ou de monstruosité, on garde à vue leurs moignons subversifs en tâchant de réactiver leurs fibres productives. Que ça serve, diantre, puisque c'est là.

Je ne fais pas part à Quirion de mes considérations anthropologiques personnelles, avec lesquelles je sens qu'il ne serait pas d'accord. Maintenant, je l'écoute pour ce qui me semble la millionième fois me parler avec désolation de mon logis. Mon logis ne satisfait pas aux normes, lui non plus, nous sommes acoquinés dans l'insalubrité la plus périlleuse. Ce n'est pas tant l'appartement lui-même — « vous avez une jolie vue, me dit-il mélancoliquement, ça doit servir avec un hobby comme le vôtre »... — que les abords, les fondements, l'intestin grêle qui sont atteints. L'immeuble a déjà été condamné par les inspecteurs, me répète-t-il, c'est un miracle qu'on n'ait pas obligé le propriétaire à le raser — miracle qu'il entend bien saboter comme un impie, faut-il comprendre entre les lignes. Miracle aussi qu'il n'y ait pas eu d'incendie encore — « qu'est-ce que vous faites, s'il y a un incendie ? » insiste-t-il avec la voix sinistre d'un pompier qui en a vu griller plus d'un. Je lui dis qu'il y a un escalier de secours, avec cinq cents marches en excellent état.

Il prend des notes en se triturant les sourcils. Il me parle fatalement de cette coquette maison du centre-ville, rampant près du sol comme il se doit, qui reçoit les clientèles handicapées et où, justement, une chambre vient de se libérer — il ne me dit pas ce qui est arrivé à l'ancien occupant, s'il s'est ouvert les veines ou s'est trouvé broyé sous un fauteuil roulant. Je l'écoute me vanter le modernisme de la cuisine, des salles d'eau et du gymnase, il évite tous les mots qui feraient allusion à de l'infirme et du diminué, si bien que je finis par les oublier moi-même, je me sens soudain appartenir à une élite désabusée et capricieuse, un parvenu chiant qui lève le nez sur les condos luxueux d'un paradisiaque tropique qu'on se désâme à lui proposer — pas assez chaude la mer, trop grande la baie vitrée, trop d'hibiscus rouges dans le jardin, vous n'avez pas de jardins avec des hibiscus mauves et cinq sortes de colibris ?...

À la fin du Moyen Âge, les gueux et les estropiés en tous genres en étaient venus à former une organisation parallèle redoutable, avec leur propre roi et leur propres fonctions hiérarchisées : couverts de joyeuses — et souvent factices — pustules, ils allaient boitillant, salivant et mendiant dans les rues, sans gêne aucune, fiers de ne rien devoir à ce pouvoir public qui les honnissait, arborant avec arrogance leurs pittoresques difformités et les pittoresques noms qu'elles leur conféraient : les « polissons », les « marcandiers », les « malingreux », les « piètres », les « ruffés », les « milliards », les « francs-mitous »...

Maintenant que la charité publique a pris les choses en main, le pittoresque a sacré le camp. Nous sommes devenus une quantité neutre et clandestine, voilée dans les brumes pudiques de l'administration, nous sommes des bénéficiaires adaptés, des handicapés moteurs, des paraquadriplégiques autonomes ou non, des clients en détresse locomotrice. Si vous appuyez au bon endroit au sommet de notre tête, nous pouvons hennir ou gargouiller, selon le programme qui nous a été affecté.

— Donnez-moi au moins une raison. Une seule. Ne serait-ce que pour mon dossier.

Monsieur Quirion veut savoir pourquoi je n'ai pas envie d'aller habiter dans cette maison du centre-ville, à ras de trottoir, en compagnie d'une vingtaine d'estropiés aussi rébarbatifs que moi qui feront grincer leurs roues sur le carrelage et cliqueter leurs prothèses avant et après la soupe communautaire.

Je lui dis que puisque les gens à lunettes ne se rassemblent pas dans des maisons communes, je ne vois pas pourquoi les gens à chaises roulantes auraient raison de le faire. Il remonte ses lunettes sur son nez, il referme ses dossiers. Il me sourit, malgré tout, avec une sympathie harassée mais bienveillante.

Il me dit au revoir. C'est donc qu'il reviendra.

Je suis malade, après son départ. Je suis malade comme je le suis toujours après le départ de ceux-là qui ont pour tâche rémunérée de me vouloir du bien, nauséeux au-delà du haut-le-cœur, enseveli sous une noirceur totale où je voudrais tuer, je voudrais hurler. D'ailleurs, je hurle. L'immeuble insalubre qui n'abrite que moi avale miséricordieusement ma voix et l'enfouit parmi les autres matériaux décrépits.

J'ai mal à mes droits de la personne, j'ai mal à ma dignité chambranlante, je rapetisse tout à coup et ça déchire toutes mes peaux internes, je m'infantilise à vue d'œil et ça saigne, je frôle le néant sous le regard attentionné de cent messieurs Quirion inclinés au-dessus de mon berceau, je souffre incurablement d'inaptitude à me tenir droit parmi les humains qui choisissent.

Maxou, mon pitou.

Après, il faut peindre de toute urgence pour se hisser au-dessus du néant mais ça ne s'appelle plus peindre, ça s'appelle empoigner les couleurs et leur faire exsuder leur sève avant qu'il soit trop tard, à pleines mains comme un handicapé cérébral aux prises avec ses déjections, Maxou mon pitou dans les primaires jusqu'au coude et le bleu pisse dru à côté du rouge qui explose en enfer, à pleines mains car il n'est plus temps de faire poli et de se chercher un style lorsque l'ambulance dévale le boulevard sur deux roues et que le blessé perd ses liquides sur le béton, inutilement, là où rien ne poussera.

Et finalement, au bout d'une heure ou deux, ça se calme au bout de mes doigts, la violence se détourne et fraie son chemin ailleurs. Je garde les toiles ainsi livrées à mes intempéries pour me rappeler que l'anarchie ne mène à rien. Mais elles ne sont pas totalement anarchiques : la plupart du temps, j'ai ménagé un espace vierge dans la tempête des couleurs, j'ai laissé un blanc, qui émerge comme un luminaire en plein centre de la toile ou dans un angle perdu. Parfois cet espace vierge a la forme d'un corps. Un corps par défaut, un corps blanc, idéal, sans traits et sans aspérités, à jamais préservé des flétrissures. Le corps de l'homme invisible.

— Je voudrais quelque chose... Quelque chose de weird... Ça, non, c'est trop... c'est pas assez weird, ça, je sais pas, non, mais quelque chose d'approchant, quelque chose dans le genre, mais en plus... en plus WEIRD, comprends-tu ?

Laurel volette dans l'atelier en se cognant à tous les angles, farfouille à quatre pattes dans les toiles empilées contre les murs, frénétique comme un cocaïnomane en manque. Du calme, ti-cul, ne ruons pas dans les brancards et dans les barbots du monsieur, reprenons ça par le début, par la lettre W si tu veux — W comme dans weird, comme dans what-the-whale-do-you-want ?

— Celle-là. Combien tu me la vends ?

Il s'est posé sur ma non-toile de ce matin, celle des primaires explosées et du corps blanc en filigrane, et il la brandit à l'envers. Je fais celui qui se tourmente de voir partir le chef-d'œuvre dernier-né, je m'enquiers, soucieux, de ce qu'il compte en faire.

— C'est pour... un cadeau. À quelqu'un. Une amie.

Il rougit copieusement. Je lui dis qu'il a entre les mains la toile d'un peintre inconnu et que c'est très cher, parce que Dieu sait ce que les toiles de peintres inconnus recèlent de potentiel insoupçonné. Mais si c'est pour une amie, bon, que ne sacrifierais-je pas au nom de ce magnanime et vénérable sentiment qu'est l'amitié : ce sera une heure de pose, immédiatement, pendant que mes pinceaux sont encore humides.

— Veux-tu que je reste assis ou que je bouge ?

Je ne connais plus rien de Laurel, rien de vital. Je sais, comme Pauline, qu'il est doux et docile, qu'il se plie aisément depuis toujours à toutes les disciplines que l'enfance subit. Je ne sais pas pourquoi il est doux et docile. Je connais ses passions apparentes, sport et informatique, je connais cette habitude qu'il a de faire des exercices d'assouplissement pendant des heures, un sourire placide aux lèvres. Je ne sais pas pourquoi il sourit tandis que ses jambes défaillent d'épuisement.

Avec moi, il a eu des embardées et des reculs, des affections foudroyantes et des animosités silencieuses, suppurantes de venin. Bien sûr, au début, du temps où Pauline s'efforçait de transmuter notre intelligence cordiale en matrimoniat officieux, Laurel ne me digérait guère : une excroissance dans le lisse cocon familial, un ennemi difficile à abattre puisque déjà tombé. Après, lorsque les choses ont été claires et dures entre Pauline et moi, il a commencé à fureter chez moi, il m'a élu second domicile, comme pour infliger à son tour quelque douleur équitable à Pauline. Il venait tous les jours, il apportait avec lui un ballon qu'il dribblait avec adresse entre les toiles tandis que je travaillais, ou bien il s'installait à califourchon sur le sofa avec un petit ordinateur qu'il programmait pendant des heures, dévoré par une opiniâtreté monacale. Un jour, Laurel a redécouvert ses jambes, leur malléabilité et leur endurance apparemment inextinguibles, et il s'est jeté dans les flexions et les extensions comme si l'énigme de l'univers se terrait là, aux confins de l'anéantissement physique. Du même coup, fatalement, il redécouvrait mes jambes et leurs insupportables limites. Et il s'est remis à me considérer avec une gravité pleine de froncements et de tics avant de se décider à me boycotter tout à fait.

Le voilà revenu, depuis peu et Dieu sait pour combien de temps, à de meilleurs sentiments. Max, passe-moi un vingt, Max, vends-moi quelque chose de WEIRD, Max, écoute-moi quand je ne parle pas...

Il se carre dans ses shorts de lycra, il torture un moment l'ombre au-dessus de sa lèvre supérieure, là où croît sa moustache fœtale, il laisse son regard caracoler devant, à la rencontre des prouesses physiques à venir. Il commence. Le dos très droit, il descend lentement, jusqu'à poser le haut de ses cuisses sur ses talons, puis il remonte. Il descend, il remonte. Dix, vingt, quarante fois, avec une régularité sans faille, comme un piston parfaitement lubrifié. Il laisse partir son souffle brusquement dans les descentes ; au bout d'un moment, des bribes de phrases se mêlent à l'air expiré, il parle, je ne crois pas qu'il s'adresse à moi.

— Je sais pas son âge... Elle a pas d'âge... Elle est pas vraiment belle... Mais ça fesse quand tu la regardes... Quand je l'ai vue, je me suis dit : j'espère que c'est pas elle... Elle portait une drôle de robe... Weird... Tout est weird, sur elle... Soixante-quinze... Soixante-seize... Je m'étais préparé... J'avais apporté des disquettes... Le logiciel que j'ai inventé... Je voulais lui montrer... J'y ai rien montré... C'est pas une fille... qui peut triper informatique... Elle parle d'affaires weird... Tu comprends rien, mais tu l'écoutes... Je suis pas comme elle... Elle est dans le théâtre... J'en ai vu deux pièces de théâtre, pour le cégep... que j'ai haïes... Je suis pas comme elle... Même en me forçant... Je sais rien de ce qu'elle sait... Tout ce qu'elle disait avait l'air important... Moi, je connais pas les vraies choses... ni les mots pour en parler... les choses qui la feraient triper... J'ai dit juste des niaiseries... Oui, non, peut-être... J'étais mal... C'est long cinq heures quand t'es mal... Sacre, j'étais mal... mais j'étais pas déçu...

Le corps de Laurel est celui d'une bête fabuleuse, un faune au torse et aux bras grêles sur lequel s'arc-boutent des piliers noués et musculeux qui semblent sur le point d'éclater, ostracisés par le reste de l'orga-nisme. Je peins ses jambes en rouge, parce que c'est la couleur des géantes stellaires qui ont atteint leur apogée, c'est la couleur des choses qui se consument très rapidement.

— Après, elle m'a emmené chez elle, deux cent trente... Hostie de maison, deux cent trente et un... Du marbre, des affaires chères... Des bibelots, un piano... Pis elle là-dedans... Ça lui ressemblait pas, pis ça lui ressemblait... Le frigo était mauve... Y avait rien dedans... Excepté une bouteille de coke... qu'on a bue... Elle m'a emmené dehors... Il y avait un bain... au milieu des arbres... Avec de l'eau dedans qui fumait... Un jacuzzi, que ça s'appelle... Elle m'a dit : on se baigne-tu ?... Elle a pas attendu que je réponde... Elle s'est mise tout nue... Deux cent cinquante... Sacre, j'étais mal... Elle s'est mise tout nue... Y a bien fallu que moi aussi... Elle a un corps... pas un corps de son âge... Même si on sait pas son âge... tu penserais jamais... Elle a dit : que t'es grand... Elle a dit : t'as des belles jambes... Tu penserais jamais... qu'elle a fait des enfants... En tout cas, au moins un...

Laurel se tait. L'air se fait sifflant et rare entre ses lèvres, le piston monte et descend avec une brusquerie accrue, les muscles couturiers et adducteurs tremblent et s'exorbitent, trempés de sueur. Chaque fois que ses jambes mouillées touchent ses talons, cela produit un claquement, comme un fouet qui s'abat. Laurel s'est mis à sourire, une ligne cruelle qui s'agrandit au rythme du fouet qui claque, « prends ça, a-t-il l'air de dire à son corps exténué, prends ça et ça et ça ! »...

— Cinq cents ! lâche-t-il, triomphant.

Il s'abat sur le sofa. Il tousse et crache longuement dans ses mains, les jambes encore parcourues de tressautements. Il se calme. Il me considère un moment entre ses yeux à demi fermés, avec ce regard hérissé de barbelés que je commence à connaître. Je laisse sécher l'esquisse debout contre le mur, parmi les autres à finir. Je lui souris, goguenard, prêt à encaisser les vacheries qu'il a sur le bout de la langue.

— Moi, s'il m'était arrivé ce qui t'est arrivé, dit-il, je me serais tué.

Tiens donc. Moi aussi, ti-cul.

Jusqu'à ce que ça m'arrive pour de vrai.

Le soir est de faction, déjà, dégringolant en plein milieu de l'heure de pointe. Je vois le stade et le centre-ville s'enfoncer dans l'obscurité, devenir des sous-bois inextricables ; chacun des clous de lumière est un bivouac allumé par des faunes bienveillants pour permettre aux voyageurs égarés de traverser la nuit.

Je vois la hyène de ma fenêtre s'empourprer de l'intérieur. Je ne regarde pas, mais je la vois, de l'autre côté, la lumière ennemie, je l'entends sourdre du néant et agrandir ses flaques jusqu'ici.

— C'est moi. J'ai peur du noir, t'en souviens-tu ?... Non, tu t'en souviens pas. Je suis bannie partout, dans ta mémoire itou. Expulsée sans avoir pu plaider. Je le prends pas. Y a juste vingt pieds entre

nous, juste vingt ans, hostie c'est tellement ridicu-
lement rien, tu sais bien qu'on n'a pas changé, qu'on
est pour toujours obligés de se ressembler...

Clac. Le répondeur éteint l'incendie. Qui se
rallume.

— ... pour toujours, TU LE SAIS ! Je te parlerai
comme ça jusqu'à ce que tu te mettes à fondre, je ne
vais pas te lâcher, jusqu'à ce que tu te retrouves les
deux pieds dans nos mêmes bottines, jusqu'à ce que tu
m'engueules s'il le faut, que tu me traites de chienne,
que tu sortes de ton hostie de léthargie...

Clac. Dring.

— Chien, chien sale, chien chaud !... Peureux !
Hostie de peureux de sauvage !... Je le sais ce que tu
as !... T'es devenu gros, pis laid, tu t'es pourri avant le
temps, la vieillesse te sort par tous les trous, tu pues
jusqu'ici !... C'est vrai que j'aurais honte à ta place...

Re-clac, re-dring, je vois son visage tandis que les
mots ricochent raide sur ma cotte de mailles, il est
paisible et gothique et embué par une chaleur impre-
nable, sa bouche est un témoin-pilote qui rougeoie
tendrement en éjectant des balles, car la guerre est
pour rire et les balles sont blanches.

— ... c'est vrai que je me cacherais dans le coin
sale où tu te caches, je te vois, crains pas, comme si j'y
étais et le cœur me lève, écrapouti par terre les deux
mains sur les oreilles et chiassant de terreur dans tes
culottes, pauvre ti-chien t'as tellement peur que je te
découvre comme t'es rendu, tu portes maintenant des
combines en flanellette comme les bonshommes à
l'hospice pis tu dors avec du camphre dans le cou pour
pas pogner la grippe, tu bois pus tu fumes pus tu
manges pus de viande tu baises pus tu contrôles tes

battements de cœur pour pas mourir trop vite, tu... t'es là ?... Es-tu là ?

— J'ai grossi de vingt livres, ça me fait la bedaine un peu flasque mais ça garde chaud les soirs d'hiver...

— Ah... C'est toi, c'est toi, Long Man...

— Ma vue baisse, qu'est-ce que tu veux, je dois peindre avec une loupe, maintenant, c'est malaisé pour les portraits...

— O.K. Arrête. On arrête.

— Et puis je t'entends mal, ça doit être un effet de l'andropause, je n'entends plus personne.

— O.K. Ta gueule.

— ... je n'attends plus personne, non plus... Sauf peut-être la freak qui s'enfarge dans sa robe parce qu'elle a le capuchon rabattu sur les yeux, tu sais, la bonne femme avec une faux...

— TA GUEULE OU JE RACCROCHE !

— Me parles-tu ?

— Ta gueule, oh ta gueule, Long Man ! Je suis contente, je suis tellement contente, c'est toi pour de vrai, je pensais que jamais plus ta voix, j'ai essayé d'aller te voir, j'ai marché dans cet abominable corridor en bas de ta maison, je cherchais ton nom, ta porte, mais rien, c'est en enfer que tu habites, il fait noir noir une puanteur de cadavre, affreux, on entend des rats qui s'envoient en l'air avec des chauves-souris ou des vampires, je suis ressortie en courant avant que la panique me tue... C'est toi...

Elle pleure et exulte en même temps, Lady, celle dont les jubilations sont poignantes comme des sanglots, celle qui sait fomenter les miracles — et les cataclysmes aussi, rappelle-toi, rappelle-toi, Long Man...

— As-tu grossi vraiment ? Dis-moi. Ça ne me ferait presque rien.

— J'ai pas grossi. Sauf de la tête.

— Montre ! Ouvre ton hostie de rideau.

— Non.

— Pourquoi ?

— Je veux pas que tu voies mes combines en flanellette.

Elle rit maintenant sans retenue, un gros rire animal qui m'emporte dans son orbite et m'allège temporairement de ce fardeau que je sais sur nous, mais dont elle ne décèle que les contours flous, inexplicables.

— Je suis revenue. J'étais loin, tu sais, loin dans l'espace seulement, je suis restée à San Diego, puis à Dover, puis à Toronto, et maintenant je suis revenue ici, je ne bouge plus jamais, je te jure. Et toi ? Et Purple ? Vois-tu encore Purple ?

— Bonne nuit. Ça m'a fait plaisir, vraiment.

— Attends !... Qu'est-ce que j'ai dit ? Purple est... il n'est pas... ?

— Bonne nuit.

— Attends !... Alors c'est fini, on ne peut plus parler de rien ?

— C'est fini.

— Il faut vraiment que je fasse un X sur... sur avant ?

— Trois X, si tu veux.

— Comme pour les films cochons.

— Si tu veux.

— Mais non, je ne veux pas, je ne veux pas du tout, moi, je veux... je veux... oh, Long Man...

— C'est fini, Long Man, Purple, Lady, ne

m'appelle plus Long Man, NE M'APPELLE PLUS DU TOUT ! Bonne nuit.

Elle se tait. Je suis incapable de raccrocher comme ça tandis que sa voix est absente, je reste inerte sous le poids qui vient de choir de nouveau sur nous et qui nous enfonce dans des souterrains privés d'oxygène. Elle revient, accablée, elle chuchote maintenant.

— Très bien, je ne dirai plus rien, je ne parlerai plus d'avant, mais s'il te plaît ne m'efface pas de ta vie c'est trop cruel, s'il te plaît toi au moins appelle-moi encore Lady, je t'en supplie, Lady Lady ça me fait un bien épouvantable tu ne peux pas savoir, ça me permet de respirer un peu si tu savais comme j'étouffe, j'ai absolument besoin de retourner là où il y a de l'air, c'est seulement là avec Lady derrière que je trouve de l'air pour le moment, s'il te plaît, ça ne te coûte rien, tu as le pouvoir de m'insuffler la vie, tu ne vas quand même pas me laisser crever... Ou alors va chier, va chier pour toujours, salaud, chien d'égoïste !

— Bonne nuit. Lady.

PORTRAIT DE PASSIONS

Après la pause publicitaire, Gérald Mortimer s'entretiendra avec nous. C'est ce que l'interviouveur culturel vient d'annoncer avec assurance et il n'y a rien d'autre à faire que de le croire, même si la chose semble loufoque a priori. À côté de moi, Maggie, survoltée, se mange les ongles : c'est elle qui a apporté l'appareil — un petit téléviseur couleur nanti d'invraisemblables antennes —, qui lui a impérieusement érigé une tribune dans le désordre de mon atelier, à même les boîtes bancales et les empilements de toiles blanches.

Le visage de Maggie est allumé de l'intérieur, comme une chapelle ardente. Sa beauté s'est acérée, dans ses yeux de féline luit maintenant un perpétuel aiguillon douloureux qui n'y était pas. Elle parle tout bas en regardant l'écran, subjuguée par les légèretés publicitaires qui ridiculisent la gravité de sa voix.

— Même après quand nous sommes tout luisants de chaleur, immédiatement après quand c'est si paisible si facile de se laisser aller, il ne ferme pas les yeux, jamais jamais, même quand le plaisir l'emporte et que je sens mon Dieu qu'il pourrait être heureux il

ne ferme pas les yeux... La nuit quand je me réveille
je le vois qui regarde devant lui quelque chose on
dirait de terrible, ou des fois c'est moi qu'il regarde et
sa voix est douce et me dit de me rendormir mais ses
yeux, Max, sont des ennemis je les vois qui scrutent
en dedans de moi et cherchent des choses laides...
C'est trop fort entre nous ça explose trop pour que je
ne sache pas qu'il m'aime, il m'aime il m'aime et ça ne
le rend pas heureux ça ne le fait pas reposer tranquille,
comment faire, comment faire, Max, si je laissais tomber le film dans lequel je tourne au diable le contrat,
si je restais accroupie tout le jour tout le soir dans son
atelier tandis qu'il travaille, si je me laissais pousser
des boutons des verrues des rides, comment faire,
crois-tu qu'il peut mourir à force de ne pas dormir, à
force de n'être pas plus heureux ?...

Elle se tait pendant les dernières secondes qui
précèdent l'irruption de Mortimer au milieu de mon
salon ; irrésistiblement emportés par le surréalisme
commercial, nous suivons avec une même torpeur
fascinée les nez suintants de comédiens inconnus qui
défilent maintenant sur l'écran et dans lesquels glou-
gloutent des gouttes miraculeuses censées endiguer les
écoulements, et c'est là le spectacle le plus inouï, le
plus urgent qui puisse exister en ce moment sur la
planète.

Il apparaît, enfin. Il s'agit bien d'une apparition :
le visage qui a visiblement refusé tout maquillage est
d'une blancheur d'ectoplasme ; tout le reste luit, noir
et satanique, les cheveux fous, la chemise à demi
ouverte, les yeux phosphorescents. Gérald Mortimer
fait son effet. À côté de lui, le blondinet animateur
semble un prototype de poupée Mattel très récemment usiné.

La réunion de ces deux espèces diamétralement dissemblables a de quoi réjouir le téléphage : il est permis d'espérer qu'il y aura carnage, ou à tout le moins mutuelles offensives dans les parties. Dans les yeux de porcelaine bleue de l'interviouveur, brille l'optimisme quiet du dompteur d'expérience. Dans les yeux de Mortimer, tout est opaque, tout est embusqué dans des replis impénétrables.

— Gérald Mortimer, vous êtes une figure de plus en plus dominante dans les arts visuels et les installations postpragmatico-symbolistes, vous poursuivez depuis une dizaine d'années une très passionnante exploration de l'anthropomorphisme géostationnaire des formes animales qui vous a d'ailleurs mené l'année dernière à New York au prestigieux Blue Green Center pour lequel vous avez généré, le terme n'est peut-être pas idoine, des sculptures animées parentes quoique différentes de celles que vous nous offrez présentement au Centre d'interprétation canadien et dans lesquelles on sent le désarroi écologique, le mot est de l'analyste pictural Brian Tots qui a suivi votre performance à New York et que je me permets de reciter hors contexte si vous le voulez bien, le désarroi écologique d'une sensibilité décimée par les paramètres conflictuels sociaux...

Sur la tempe de Gérald Mortimer commence à battre la petite veine de la dévastation intérieure. Il s'est légèrement redressé sur son siège, mouvement que l'on pourrait interpréter comme une manifestation d'intérêt accru, il cherche en fait à déceler, parmi ces volutes qui gênent aimablement sa vision, d'où surgira le projectile, en quel point stratégique il faudra parer. L'animateur poursuit les acrobaties aériennes, il s'aide de ses mains pour mieux looper dans les hauteurs béatifiques, il se contemple flip-flappant avec grâce à la droite du Père, puis sans crier gare, il pique du nez vers le sol.

— ... Pourquoi des animaux ?

Le silence s'étale, épais, de l'autre côté du petit écran. La caméra vient prendre en gros plan le beau visage méphistophélique de Gérald Mortimer, qui semble émerger sans hâte de quelque abîme où son esprit se trouvait à folâtrer.

— La question n'est pas bête, dit-il finalement.

Il s'interrompt là, comme si la chose ne le concernait plus. Maggie se dévore furieusement les ongles. L'animateur dissimule son horreur du vide sous un sourire compréhensif.

— Mais pas assez, badine-t-il, pour vous donner envie de répondre.

— Non. Pas assez, reconnaît Mortimer.

— Il s'agit quand même vous en conviendrez d'une récurrence intéressante à plus d'un égard et symptomatique d'une obsession très affirmée chez vous, les moutons à visage humain par exemple que vous aviez installés sur les plaines d'Abraham à Québec, et les gigantesques mobiles en tripes de cheval si je ne m'abuse que vous aviez fait suspendre à l'hôtel de ville, et la performance actuelle où l'on se trouve confronté à une sorte de paradis ou d'enfer perdu où pullulent des créatures cauchemardesques bien que fascinantes, les téléspectateurs pourront en capter de saisissantes images dans quelques minutes, je veux dire, s'agit-il d'une sorte d'hommage, un tribut rendu aux créatures domestiquées par l'homme souvent avec bien peu de noblesse, par exemple, vous-même, quels sont vos rapports avec les animaux vivants ou morts, avez-vous chez vous des animaux ?...

— J'ai des blattes.

— Des belettes ?

— Des BLATTES.

— Ah. Ne s'agirait-il pas plutôt corrigez-moi si j'extrapole démesurément d'une entreprise dirigée contre l'espèce humaine, je veux dire contre les cafouillages historiques dont les hommes se sont rendus se rendent coupables, on a déjà abondamment parlé de votre misanthropie, on dit de vous, par exemple, que vous refusez systématiquement les entrevues, pourquoi, au fait, avez-vous accepté de venir aujourd'hui ?...

— C'est la question ?

— C'est la question.

— Je suis venu, bon, c'est très banal, ce que je vais dire, vous allez être déçu.

— Mais non, dites dites...

— Pour que les gens sachent que l'exposition existe, pour qu'ils aient envie d'y aller, c'est tout...

— AH !... Au contraire, extrêmement intéressant ce que vous nous confiez là, Gérald Mortimer, très révélateur au fond du paradoxe qui habite votre œuvre... Vos créations apocalyptiques ne sont peut-être sous le couvert de l'inaccessibilité qu'un cri que vous lancez à vos contemporains, un détour sinueux que vous vous imposez pour les atteindre ?... Au fond, vous aimez assez l'humanité pour désirer la toucher...

Mortimer se gratte la joue en considérant fixement son blondinet vis-à-vis, à qui l'enthousiasme a communiqué un teint de bonbon incarnat. Il voit la perche tendue, si longue et aisée à saisir qu'il hésite, par méfiance naturelle pour les choses faciles.

— Les toucher, oui, démarre-t-il avec lenteur, tout à fait, je veux que les gens viennent et je souhaite qu'ils viennent en très grand nombre, en immense nombre, en multitude, je veux qu'ils soient touchés, oui, absolument, horriblement touchés, je veux qu'ils retournent chez eux en emportant mes choses dans leur tête et que ça reste là et que ça les gangrène tranquillement par en dedans, et que ça leur fasse développer des névroses et des psychoses et des cancers, si possible, christ, que ça les encourage à se suicider !

Mortimer se souvient soudain qu'il y a des lumières sur lui, et des yeux partout tapis derrière ces lumières qui attendent de dévorer son âme au fur et à mesure qu'elle se livrera, et je le vois qui se rappelle à l'ordre, qui achève abruptement l'envolée sur un sourire bénin. Le joli masque de l'interviouveur chancelle un instant puis revient à la position EN MARCHE ; il sourit aussi, un peu désorienté par cette saillie qu'il a failli prendre au sérieux.

— Ah ah, tente-t-il de rire. Voilà qui va rassurer les tenants de votre misanthropie. C'est toute l'humanité que vous vouez ainsi aux gémonies ? Y a-t-il autour de vous des exceptions qui peuvent espérer échapper au massacre ?...

— Très peu, dit Mortimer en abandonnant un instant ce rictus mondain qui le défigure.

Il regarde la caméra pour la première fois directement, comme un adversaire dont il admettrait soudain l'existence. À côté de moi, Maggie, le menton appuyé sur les mains et le front traversé de sillons, retient son souffle et le dévisage avec désespoir.

— Dans le monde, maugrée Mortimer, il n'y a pour moi qu'une personne de fondamentale. Une seule.

Maggie se redresse en souriant, électrisée par l'aveu. Elle me saisit euphoriquement la main, persuadée qu'il s'agit d'elle. Je lui rends son étreinte sans mot dire. Je sais qu'il s'agit de moi.

Plus tard ils sont partis, Mortimer, Maggie et la machine qui fait voyager les illusions dans le temps. Je me réinstalle au cœur du silence relatif, celui qui émane des couleurs lorsqu'elles ne sont pas encore placées dans la chorégraphie qui mettra en valeur leur luminosité de danseuse. D'en bas monte un vacarme diffus qui ne me gêne pas, qui m'accompagne dans mes retranchements.

Je n'ai pas toujours été aussi technologiquement débranché, aussi démuni en merveilles électroniques. Après le Big Bang, j'ai vécu en bonne intelligence avec une télévision câblée sur tout ce qui se captait, une radio à piles et à fil, une vidéocassette, un magnétophone, un cassettophone, un tourne-disque, tout cela dévidant ses musiques particulières l'une par-dessus l'autre, dans une orchestration savante destinée à ne rien laisser vacant autour. Le silence ne pesait pas lourd chez moi. Je dessinais alors à l'encre, avec frénésie. Des rues vides, des maisons désertes, des natures mortes, des paysages géométriques, des arbres calcinés, des cafetières noires, des chaises noires, des abstractions noires. Si d'aventure un corps surgissait dans mes dessins, c'était comme malgré moi, c'était une sorte de perturbation atmosphérique qu'il fallait dématérialiser au plus vite, muer en créature étirée et théorique, en idée d'être humain, aussi froidement esthétique qu'un portique d'immeuble moderne.

Il fallait que je me rende jusqu'ici, que je réapprivoise le corps humain, pour cautériser cette partie de moi qui saignait sans discontinuer, qui pleurnichait dans l'obscurité. La couleur est revenue d'elle-même quand j'ai recommencé à me passionner pour les corps, car les corps sont triomphants même dans leur douleur, il n'y a pas modèles plus inépuisablement habités, plus sollicités par l'infini. Voilà pourquoi je ne serai jamais moderne : même si je sais admirer la virtuosité partout où elle se trouve, l'apogée de la peinture, en ce qui me concerne, a été atteint par ces investigateurs passionnés du corps humain qu'étaient les expressionnistes. Les expressionnistes, bien entendu, sont désespérés et crient après leur âme, crient pour que surgisse des apparences le vrai visage de l'homme. J'aime ce cri, même s'il est terrifiant ; il est le seul qui me fasse vaciller sur mes bases. On peut trouver infiniment plus inventives, plus sereines — et plus décoratives, aussi — les expériences picturales auxquelles les créateurs se livrent depuis, qui ne cherchent plus dans l'homme le sens polyphonique du monde. Mais jamais l'on ne sera venu si près de toucher l'essentiel qu'à cette époque d'immense détresse sociale où les peintres retournaient l'être humain sur lui-même comme un gant, pour chercher à lire dans sa doublure.

Le désespoir est plus fécond que le souci de la décoration.

J'ai un petit talent. Il faut le secouer dru pour qu'il fleurisse un peu. Mortimer a un talent gigantesque, dont il se sert comme il l'entend, et qu'il entraîne dans les tranchées boueuses qu'il a choisies. J'aurais aimé avoir sa maîtrise du dessin, j'aurais aimé que le sens de la ligne me soit échu à la naissance, au lieu de devoir m'échiner à le développer. J'aurais aimé aussi disposer de deux vies et de jambes autocollantes, mais cela est une autre histoire. Quand on commence à déplorer ce qui nous manque, on s'attelle à un intarissable roman-fleuve.

Quand j'étais plus jeune, avec un corps intact, je désirais flamboyer au-dessus des autres à n'importe quel prix, et ce désir était si fort et douloureux que je perdais plus de temps à masquer mes dimensions réelles qu'à travailler à les accroître vraiment. Je n'ai pas choisi la façon brutale dont mon ego s'est dégonflé un jour, me laissant choir tout nu sur un carrelage passablement glacial : mais parmi les rares choses que je ne regrette pas d'avoir perdues, il y a cette avidité souffrante pour les hauteurs, qui transforme le travail en chasse à courre d'où l'on sort toujours fourbu et jamais meilleur.

La seule hauteur que je m'autorise maintenant est celle-ci, six étages de plongée sur la réalité extérieure, sur un alvéole de la ruche fraternelle dont les vrombissements sont musique à mes oreilles. De temps à autre, le pinceau à la main, j'immobilise quelques-uns de ces inconnus, boulevard Saint-Laurent, qui s'en vont droit devant eux vers des travaux dont le sens et le profit leur échappent sans cesse, je les assois de force en face de moi, tranquilles et achevés comme un tableau. Certains ont des façons maladives de s'agiter, des démarches cauteleuses qui n'augurent rien de bon, mais une fois immobilisés, on voit bien que ce sont des anthropoïdes inoffensifs, jetés par l'évolution dans une complexité insupportable, condamnés par la trop grande sophistication de leur organisme à se montrer parfois crapuleux. Les vers de terre, eux, ne sont jamais crapuleux ; mais qui envie la bonté d'un ver de terre ?...

Des entrailles du vacarme diffus en bas, une crête semble vouloir surgir, pointue et vindicative, un scalpel fouisseur qui vient s'enfiler dans le corridor, à quelques mètres de moi. Ce sont des voix, humaines jusqu'à nouvel ordre.

— ... Tout drette, sacrament, pas à drette, TOUT DRETTE, comprends-tu ça, baptême !

— Ben oui, tout DROIT, mais je vois rien tout droit, saint cibolac !

— Allume, allume, baptême !

— J'allume, baptême, j'allume ! La lumière marche pas !

— Hé sacrament de taudis de câlasse !

Sans doute cela s'achemine-t-il vers moi, puisque je suis l'unique destination possible au bout de cette enfilade de noirceurs. Je roule jusqu'à la porte. De l'intérieur, j'allume la lumière. Je sors.

Ils sont deux. Ils sont armés jusqu'aux dents : d'escabeaux, de pinceaux, de rouleaux, d'outils à nettoyer et à mesurer tout ce qui est quantifiable en ce vaste monde. Quand ils m'aperçoivent, ils font un bond en arrière, entraînant dans la cabriole leur tintinnabulant matériel. Je les salue aimablement. Ils me considèrent avec une terreur aphasique, croyant peut-être se trouver devant Joan Crawford dans ce film horrifiant où elle sévit en chaise roulante. Le plus vieux des deux, qui semble aussi le cerveau de l'escorte, reconnaît soudain qu'il est en face d'un être humain pacifique et me fait un vague signe de tête, aussi peu liant que possible. Il avise la dernière porte fermée qui précède la mienne, derrière laquelle il n'y a plus âme qui vive depuis des lustres.

— C'est ici, dit-il en me tournant carrément le dos.

Ils s'engouffrent dans l'appartement désaffecté. Je les suis. Après tout, depuis les deux ans que je ne partage cet hôtel avec personne, j'ai le sentiment d'avoir acquis le droit de savoir ce qu'on y trame. Le plus jeune, qui a un long nez mobile en forme de croissant de lune et un menton qui complète le cycle lunaire dans l'autre sens, évite tellement de me regarder qu'il nous ferme la porte sur les pattes, à Fidèle Rossinante et à moi : la couenne aussi insensible l'un que l'autre, nous ne bronchons pas, nous nous incrustons dans l'entrée. Écrase tant que tu voudras, ti-cul, ça ne fera jamais mal. Il recule, effaré, son nez déploie des efforts surhumains pour rejoindre son frère le menton, aussitôt que j'ouvre la bouche il appelle à l'aide l'autre qui a déjà largué ses outils dans le fond de la pièce.

— Aye, Charles ! Y veut savoir ce qu'on fait là !

— Dis-y que c'est pas de ses affaires !

— Dis-y donc, toi !

— Baptême !

Charles-le-téméraire revient jusqu'à l'embrasure de la pièce où je n'ai pas bougé, ralentissant au fur et à mesure qu'il s'approche. Il me parcourt d'un œil papillonnant et perplexe, son animosité butant sur un obstacle de taille : comment envoyer chier quelqu'un dont on ignore s'il dispose encore de fonctions naturelles ?

— On vient retaper ce qu'on peut retaper, finit-il par grogner. Mais juste ici, pas chez vous !

— Un trou à la fois, c'est assez ! ricane l'autre avec un aplomb recouvert, nez et menton flirtant incestueusement de plus belle.

Je les rassure du mieux que je le peux, je n'ai aucunement l'intention de profiter de leurs talents de retapeurs que je devine immenses, mais sauraient-ils, judicieux comme ils m'apparaissent et comme ils le sont très certainement, me révéler les raisons de ce retapage ?...

— C'est pour une dame... commence le sous-fifre, mais Charlie lui envoie une bourrade qui clôt net le début d'incontinence.

— Pas de comptes à rendre à personne, marmonne-t-il, encore moins à un ...irme....

Ils se mettent à soulever la poussière et le bruit sans plus s'occuper de moi. Moi-même, en dépit de mes apparences qui stagnent à l'orée de ce terrain vague, je ne m'occupe plus d'eux, j'ai suffisamment à faire avec cette petite angoisse qui vient de déposer le bout de son museau froid dans mon estomac.

Une dame.

A Lady.

— ... I can't, I'm so sorry Maximilian, c'est un secret qui tient ma bouche fermée et pas rien d'autre de mauvais, I swear, cross my heart, have I ever lied to you. Tell me : est-ce que je permettrais que n'importe quel body vive dans cette place à côté de vous s'il y avait pour vous du trouble possible ?... Never ever, my friend, but my mouth is sealed, I promised to keep it shut, ne faites pas de moi un crosseur de parole promise, please Maximilian... Trust me, rien de mauvais pour vous et pas de bruit non plus pour empêcher le travail sur les chefs-d'œuvre, I swear, or you're not going to pay any rent any more !... Cross my heart !... Incidentally : you don't pay any rent anyway, do you, my friend ?

Il a lâché ces derniers mots élégamment, Julius Einhorne, comme une peccadille qui aurait affleuré accidentellement à la surface de sa mémoire, et je n'ai plus qu'à me fermer le clapet et à m'incliner bien bas — ce qui risque de m'entraîner jusqu'au sol. Judicieusement envoyé, my friend, il faut payer pour savoir et qui ne paie pas ne paiera jamais de mine, il est bon de se faire replacer abruptement dans son contexte objectif en cette époque pourrie où le gueux est si prompt à se sentir des droits. Mais, comment dire, ce n'est pas pour insister, il est peut-être utile que vous sachiez my friend que si ce body qui s'apprête à emménager près du mien est le body de celle que je pense, je suis disposé à dévaler les escaliers de secours cul par-dessus tête plutôt que de le rencontrer, quitte à m'étaler sur le béton aussi aplati que faire se peut. Ce qui pourrait vous occasionner du désagrément, côté assurances ou inspecteurs de la ville ou protection du citoyen en détresse locomotrice, hélas les ennemis sont partout.

Il ne m'écoute pas, il n'y a pas pire sourd que celui qui a de grosses mains pour se boucher les oreilles. Devant les fenêtres où sa masse immobile boit la lumière du couchant encore disponible, il contemple les toits des buildings voisins avec le sourire enfantin d'un propriétaire de meccano et il rêve à voix haute, de vieux rêves auxquels il greffe de petits ornements neufs pour les rafraîchir.

— Je fais tout refaire ici, one day, very soon, a nice electronic elevator and nice stairs and walls with big mirrors, et le monde dira regardez là avant c'était scrap mais maintenant c'est the nicest building in town, et peut-être je ne louerai à personne d'autre ou juste quelques amis à vous my friend et vous pourrez mettre tous les portraits partout dans les corridors comme au musée et il faudra que les visiteurs payent pour venir vous regarder au travail, c'est moi qui vendrai les tickets juste à la porte devant chez vous, can you see it, you working and me collecting the money devant une file longue longue de very well-dressed people, come on come on open your wallets you bloody stiffs, gimme that fucking bill if you wanna see the greatest painter in town at work...

Il rit. Le rire de Julius Einhorne est charnu et très jeune, comme les cadavres qu'il s'est mis à démailloter de leurs linceuls de papier sanglants et qu'il m'agite longuement sous le nez, avec une bonhomie de père Noël anthropophage.

— Je fais à manger pour vous ce soir Maximilian, petits poussins au schnaps et à la moelle regardez comme ils sont gentils et tendres et qu'ils veulent aller se coucher au chaud dans votre estomac, très vite et très bon une recette de moi et il y en a une grosse bunch tellement qu'après nous aurons tous les deux peut-être deux fois notre poids, hi hi, plus difficile pour moi, ça, try to double a ton in one meal, very hard, very hard. Now. D'abord prenez petit verre de schnaps avec moi, prenez prenez. Tchin tchin. Et expliquez-moi une chose, my friend, pendant que je prends la casserole là et que je mets du beurre et du paprika pour les tits zoiseaux, et l'autre casserole avec de l'eau pour que la moelle sorte des os, regardez cette moelle, a beauty, pink and soft as candy-floss. Now. Une chose que je ne comprends pas dans ma grosse tête. Look at me : je suis une grosse personne, une real grosse personne, right ?... Il y en a beaucoup de moi, ça se voit quand je suis là, right ?... Eh bien il y a cette chose bizarre : quand je marche sur le trottoir, I feel like a transparent toothpick. Personne PERSONNE me voit. Sounds funny ?... Des fois je bouscule presque les personnes en marchant, messieurs ou dames, et les personnes, ils ont les yeux qui vont en haut, en bas, qui font le tour et qui reviennent en avant, comme si c'était le vent qui venait de rentrer dans elles au lieu de Julius Einhorne. I want to yell sometimes COUCOU, IT'S ME, open your fucking eyes !... Real bloody funny. Plus je suis gros, plus je suis transparent. Peut-être je suis pas assez gros encore, peut-être il faudrait que je sois de la largeur de la rue, mais jusqu'où, my friend, jusqu'à combien gros il faudra que je me rende to be seen, dammit, just to be seen ?...

La bouteille de schnaps cavale vers le vide qui l'appelle, nous buvons au jour qui vient de tomber K.O. après un combat loyal, nous trinquons au syndrome de la transparence.

Ce n'est pas vraiment souffrant, le syndrome de la transparence. On sait qu'on en est atteints lorsque les yeux des autres se lovent sur nous comme des limaces ou au contraire détalent à fond de train, ce qui revient au même. Il est périlleux de tester la capacité humaine à affronter calmement l'Anormal. Les résultats sont désastreux, les zéros tombent comme des couperets, des classes entières sont recalées. Le test est trop difficile ou l'humanité, trop cancre. Mais qui a besoin, après tout, des regards ?... Qui, à part le pauvre mythomane Peter Brady, est prêt à troquer sa précieuse invisibilité contre des bandelettes de coton de mauvaise qualité ?...

Nous mangeons. Je pignoche parmi les oisillons rigidifiés dans leur sauce, mortifié à l'idée que ma fourchette pourrait accidentellement en poignarder un. Julius Einhorne, lui, s'adonne au rituel de la nourriture comme on s'adonne à l'amour. Chacune des bouchées de sa débordante assiette est une élue qu'aucune concurrente à cet instant précis ne pourrait évincer. Chacune de ces élues se voit d'abord contemplée avec vénération sous tous ses renflements, puis délicatement reconduite jusqu'à des mâchoires qui l'emprisonnent sans violence, la palpent sans hâte, la suçotent, la mordillent, avant de lui assener le grand coup fatal. Il ferme alors les yeux, Julius Einhorne, comme on ferme des rideaux pour prémunir sa jouissance contre la jalousie des autres.

— You're not eating, Maximilian, les tits zoiseaux s'ennuient dans votre assiette poor babies, let me help you if you don't mind. Just one or maybe two. Well O.K., if you insist. Je pensais quelque chose, quelque chose somewhat crazy about... about, you know, what you told me... Je pensais peut-être que je veux mon portrait peinturé par vous, peut-être, don't laugh at me, peut-être j'aimerais être assis là et vous avec les pinceaux et les couleurs très sérieux et moi très très digne habillé en gentleman avec un crushhat or a bowler, what do you think ?... Not tonight of course, another day, maybe, later later. Et peut-être j'aurais aussi des smaller copies, you know, études my friend, pour donner à amis ou à... à... I don't know, eventually. It's nicer than a paper picture, what do you think ?... Incidentally. Incidentally, yes, did I tell you ? No I don't think so... La petite, oui, je vous ai dit la belle petite qui va à l'école, so wonderful and charming. Ce n'est pas exprès, je la rencontre tous les jours, well maybe j'aide un peu l'exprès, je fais attention pour être là quand elle va à l'école et quand elle revient, nothing's wrong with that, no ?... Et elle, un sourire comme on a jamais vu et elle me regarde, oui, d'une vraie manière, elle a une petite robe qui fait madame et un petit sac qui va avec et des bijoux même dans les cheveux, such a wonderful little lamb, well, anyway. Elle a échappé un papier qui est sorti de son sac, yesterday, et moi qu'est-ce que je fais, je cours après le papier, pouf pouf le gros Julius plus vite que le vent et je rattrape la petite et je lui crie Mamzelle, et elle se retourne et je lui donne le papier. Permettez, my friend, je m'assois ici, plus confortable pour digérer, nice sofa. Is it mine or yours ?... Never mind. Je donne le papier, et elle et elle, my friend... My my. Elle dit Merci, monsieur la petite voix sérieuse et douce un morceau de moelle et elle tient ma main, I swear, elle tient ma main ma grosse main une minute dans sa petite main froide, elle serre un peu ma main, à moi Julius Einhorne et c'est comme de la neige qui serait chaude et qui brille un jour d'hiver de soleil, de la neige qui me tombe dans le cœur et je reste là le cœur tout plein de neige et de chaud et qui bat completely head over heels. Oh my. Don't laugh at me.

Il s'endort sur le sofa. Je sors les pinceaux et les couleurs sans faire de bruit, j'installe une toile sur le chevalet. Il dort lisse et repu, pelotonné dans la nourriture comme entre des mains, de petites mains froides qui le tiendraient au chaud.

La peur revient. Elle était là à peine, intimidée par les mouvements violents et la lumière crue, et maintenant elle s'étire à l'aise dans la nuit, nue et luisante sous la lumière d'en face qui lui sert de lampe de chevet. Je ne l'ai pas reconnue, d'abord, depuis si longtemps j'avais oublié sa texture, je la prenais pour une douleur stomacale qui ne veut pas passer. Sous les infinités de masques loufoques qu'elle revêt, la peur est une et fondamentale, toujours, on ne craint pas les ascenseurs et les araignées, on craint la mort, toujours, il n'y a que la mort à craindre. Quand on ne craint plus la mort, c'est qu'on a dépassé toute crainte, et les kamikazes ne sont pas des fous, mais des sages et des saints dont abusent les pouvoirs totalitaires. Mais moi, qui suis mort une fois et qui n'en suis revenu qu'avec la conscience du sursis, de quoi ai-je peur, christ, de qui puis-je encore avoir peur ?...

Lady.

J'ai peur de sortir dans le corridor et qu'elle soit là avec son regard d'autrefois, j'ai peur du désespoir et de la consternation qui s'abattront alors dans ce regard d'autrefois et qui me ramèneront très loin derrière à la case zéro dans les vapeurs sulfureuses du Big Bang, là où la douleur est intolérable.

J'ai peur de mourir une deuxième fois.

Le téléphone soudain, coup de tonnerre dans l'obscurité.

— C'est moi. J'ai vu de la lumière, derrière ton hostie de rideau, je me suis dit je me risque, le pire qui peut m'arriver, c'est le face-à-face avec l'horrible glacial répondeur.

— Pourquoi tu appelles la nuit ?

— Dis mon nom, d'abord, appelle-moi par mon nom, que je sache que c'est bien moi qui te parle...

— Dyladyladyla.

— Ah. Ça va mieux.

— Pourquoi tu ne dors pas, la nuit ?... Il n'y a personne, avec toi, avec qui tu pourrais ne pas dormir ?...

— Dormir. Tiens. Quel mot bizarre, hein ?... On dirait le nom d'une fusée, d'un vaisseau spatial qui fend l'obscurité intergalactique pour le compte de la NASA : Dormir 1, Dormir 2...

— Avant que tu changes complètement d'orbite, parlons-nous, je veux dire une bonne fois pour toutes...

— Pour répondre à ta deuxième question, c'est non. Il n'y a personne d'autre ici. Je suis flambant seule.

— Tant pis. Écoute. Sois franche. Je sais que tu manigances quelque chose.

— Moi ?... Ah... C'est vrai. Je manigance plein plein de quelques choses. Je passe ma vie dans les manigançures.

— Le quelque chose dont je parle est une très mauvaise idée.

— ...

— T'es pas heureuse, là, en face, dans ton petit coqueron cozy ?

— Oh oui. J'y suis seulement la nuit, si t'as remarqué.

— La nuit. Et où tu vas, le jour ?... Où tu comptes aller, plus précisément ?

— Le jour, le jour. Le jour, j'attends que la nuit arrive. Il y a juste la nuit qui est importante.

— Tu ne manigancerais pas un petit déménagement dans les parages ?... Sois franche.

— Franche, franche. Tu te répètes, franchement.

— Si tu t'introduis de force ici, c'est foutu, je te le dis, s'il y avait encore quelque chose de récupérable entre nous, je dis bien SI, tu t'apprêtes à le saborder IRRÉMÉDIABLEMENT, m'entends-tu ?...

— ...

— M'ENTENDS-TU ?

— Djisus ! J'entends, mais je comprends peu. Es-tu sur l'acide, coudonc, ou sur le crack ?

— Qu'est-ce que ça va te donner, de t'installer ici ?

— Où, ici ?...

— Ici, christ... Chez MOI !...

— Tu veux dire, MOI, je m'installerais dans ton abominable, dans ton horrible trou noir qui ferait freaker les monstres de l'espace les plus fendants ? Djisus !

Tout est là, comme avant, le même paysage joyeux et clair où aucune ombre déloyale ne rôde, tout appelle à la non-résistance et à l'abandon, le même pont couvert et le même lac jamais troublé où trois silhouettes scindées se mirent, tout veut ignorer l'arrivée pétaradante des démolisseurs.

— Lady.

— Max.

— Écoute. Il est arrivé des choses, depuis. Après ta, ta désertion, disons.

— Après-avant-depuis, mais où donc est car ni or cependant néanmoins ?... C'est toi qui l'as dit, il n'y a plus d'avant, il n'y a que du maintenant, nous sommes deux étrangers, disons, que le hasard téléphonique a rapprochés... J'aimerais bien vous apercevoir, Max, je peux vous appeler Max ?... Je suis ici, dans cet atelier que j'ai loué expressément pour écrire une histoire d'amour, oui oui ça semble quétaine à première vue mais tous les gens qui écrivent RÊVENT d'écrire un jour L'Histoire d'amour, celle qui sera l'incontournable la seule l'immémoriale, celle qui rejettera tous les Roméo Juliette Scarlett et Rhett dans l'obsolète !... Je m'installe ici, la nuit, et j'écris, et vous qui êtes en face, vous pouvez m'aider peut-être. Votre nom, d'abord. Je songe à appeler le héros MAX, c'est court et percutant, et facilement traduisible pour les studios de Hollywood. Il faut penser à tout, il faut penser grand, surtout.

— Lady.

— Max.

— Reviens ici, un peu.

— Je suis ici. Je suis sérieuse, tu sais, c'est vrai, l'histoire d'amour. Ce sera un scénario de film, peut-être, ou une pièce de théâtre. Toutes les nuits j'écris, et je jette à mesure, parce que ça s'enfuit dans toutes sortes de petites directions idiotes. Mais là il y a un vrai fil, tu vois, et bientôt je ne jetterai plus rien. Et lui s'appellera Max, c'est vrai, et elle bon, disons qu'elle s'appellera L. comme dans Lady... Hein ?... Pourquoi pas ?

— Pourquoi pas. Écoute. Je vais m'installer face à ta fenêtre et je vais ouvrir le store.

— Quoi ?... Maintenant ?

— Oui.

— Attends. Oh. Je suis moche il me semble, je devrais peut-être me maquiller et puis je suis habillée n'importe comment. Attends. J'ai... j'ai peur. Tu vas peut-être trouver que j'ai changé beaucoup. Oui, viens-t'en, viens-t'en.

Comme elle a raison, comme la peur est en ce moment l'unique sentiment approprié. Bientôt elle saura et tout sera terminé, mais il faut encore traverser la pièce pour se rendre à la chaise électrique, empoigner les bribes agonisantes de sa dignité et tenter de s'en faire des béquilles, glisser complaisamment ses membres dans les sangles qui feront circuler le courant fatal et attendre, oh, attendre.

Elle me regarde. Je la regarde aussi, mais ça a moins d'importance, ses petits cheveux qui se hérissent maintenant sur sa tête, sa belle tête de guerrière et ses yeux grands ouverts sur ce qui s'en vient. Elle est assise sur le bout de sa chaise, tendue vers moi. Je suis assis de la seule façon qui me soit possible.

Je l'entends qui respire fort dans mon oreille, puis qui y échappe des sons chenus, mouillés, assourdissants. Elle rit.

— Salaud ! s'esclaffe-t-elle. Salaud, moi qui croyais que tu étais devenu horrible, crevassé, décrépit !

Puis elle arrête de rire. Elle me regarde, elle me voit mieux, maintenant, quelque chose veut trembler au coin de sa bouche. Mais cela est long à venir, d'une lenteur terrifiante, anéantissante.

— Oh, souffle-t-elle, oh, Max !... Qu'est-ce que tu as... ?

— ...

— ... Qu'est-ce que tu as à la main ?

— La main... ?

— Ta main gauche, toute raide... Qu'est-ce qui est arrivé ?

Il y aurait de quoi rire. D'ailleurs, je ris presque.

— Ça ?... C'est... c'est un accident.

— Oh... Pauvre main, comme c'est triste. Je l'embrasse, Max, ça me fait de la peine, je l'embrasse tout plein, je la couvre de becs et de caresses, ta pauvre petite main toute raide...

Je raccroche. Je ferme tout, le store, le contact et la plaie qui veut se rouvrir, il y a tant de tendresse et de chaleur dans sa voix tout à coup que c'est insupportable et que ça fait mourir plus que la mort, je raccroche et je chiale comme un imbécile pour toutes les fois que je ne l'ai pas fait, je chiale sur tout, sur nous et sur moi, sur moi, surtout.

Pauvre pauvre petit pitou Maxou.

PORTRAIT DE JULIENNE

Ce matin, en me réveillant, j'ai voulu marcher. Pendant une fraction de seconde, ce matin, près de vingt ans de conditionnement acharné se sont retrouvés dans le néant, muselés et blafards, et j'avais dix-neuf ans comme un seul jeune homme, toutes mes dents alignées en un émail impeccable et toutes mes synapses au garde-à-vous.

Comme il ne se passait rien dans mes jambes, le bon sens est revenu dans ma tête, là où les pulsions naissent, meurent et se compostent en moins de temps qu'il ne faut pour les énoncer. Je me suis rappelé l'existence de Fidèle Rossinante, et la mienne, par conséquent.

Les encyclopédies anatomiques ont de ragaillardissantes façons d'illustrer les intérieurs, leurs fêlures et leurs raccordements : le foie est un ballon bleu cobalt qu'on souhaiterait dribbler, les muscles sont des ramilles écarlates de tissu soyeux, les tumeurs ont le renflement pastel des pralines, les neurones sont des étoiles pourpres qui nagent dans des mers poissonneuses et que relient entre eux de désopilants saucissons aux camaïeux pétés. Une fois qu'on a vu ces dessins on se porte beaucoup mieux, on connaît enfin la vraie nature de son corps interne, une bédé aux couleurs rutilantes et aux formes joyeuses où rien de vraiment grave ne peut survenir.

Ce matin, pendant cette fraction de seconde où j'ai voulu marcher, plein de ballons et de saucissons se sont agités dans leurs mers lymphatiques, se précipitant dans une course à relais frénétique. Il suffit qu'une idée de mouvement jaillisse, lilliputienne, dans le cortex moteur, pour que le cerveau se lance dans les dépenses inutiles : Cortex Moteur, chef démocratique et respecté, consulte ses assistants — Cervelet, Noyaux Gris, Aire Prémotrice et Aire Motrice ; ça jase, ça soupèse, ça argumente, ça boit trop de café, finalement le messager est envoyé, un type brillant et électrique qui file à toute allure à travers l'encéphale pour atteindre l'autre moitié du système nerveux central, là où se trouvent les escaliers qu'il descend à même la rampe, le voilà qui saute de nœud en nœud sur la myéline de l'axone, un as cascadeur ce type, le voilà qui arrive au terminus du neurone et qui tend le message à un autre messager, un petit neurotransmetteur chafouin et chimique qui n'a pas non plus les pattes dans ses poches et qui s'apprête à effectuer un plongeon redoutable dans le vide — là où l'espace synaptique est rouge et démesuré en page 209 de mon encyclopédie —, le voilà qui plonge, mesdames et messieurs, et qui est repêché de justesse par un trapéziste électrique qui se tenait alerte sur le seuil d'un second neurone, et le trapéziste dévale à son tour la myéline de l'axone et passe le message à un autre neurotransmetteur, de main en main et de neurone en neurone comme cela jusqu'au bulbe rachidien, puis ça dégringole dans la moelle épinière pour rejoindre les fibres musculaires qui transmettraient finalement le message à Acétylcholine, la médiatrice chimique qui ordonnerait de contracter les muscles et de fomenter le mouvement — mais voilà, en plein début de moelle épinière, aux troisième et quatrième vertèbres les escaliers ont été sectionnés et c'est la catastrophe, la foule hurle et les femmes se cachent le visage car c'est la chute sans filet et le messager se rompt le cou avec son message de merde.

C'est sûr, tout cela n'aurait pas dû démarrer pour rien, quelqu'un aurait dû connaître cette brèche béante dans les étages, quelqu'un n'a pas bien fait son job dans ce cerveau-usine qui stocke pourtant les informations ad nauseam, quelqu'un parmi les consultants mérite d'être vigoureusement tancé (que l'on pende le coupable haut et court par les dendrites, qu'on lui coupe sa dose d'endorphine sur-le-champ).

Peut-être faut-il chercher le coupable ailleurs, derrière une fenêtre, par exemple, où il se tiendrait embusqué, brouillant les ondes et perturbant les informations.

J'écarte la hyène, je m'installe témérairement face à la fenêtre. Regarde-moi, Lady. Mais il n'y a rien ni personne de l'autre côté, ma témérité s'écrase dans le vide comme une épée de carton. Maintenant, je saurais lui dire, les mots iraient pointus et précis la frapper en plein cœur tel un projectile de tueur expérimenté. Allons donc, Bayard de pacotille. Maintenant, tu n'aurais nul besoin de lui dire quoi que ce soit, révélé crûment par la lumière dans ta splendeur rouli-roulante.

Soudain un bruit. Derrière moi, chez moi. Ça tousse pudiquement près du sofa, à voix très basse, à voix de femme. Elle est ici, mon Dieu mon Dieu. Tout s'enfuit immédiatement, le souffle vital et le courage, tout s'enfuit mais rien ne bouge, je suis cristallisé par la terreur jusqu'à la moelle, mes liquides internes surgelés net dans leurs conduits. Comment s'enfuir par la fenêtre, comment apprendre à voler en si peu de temps ?

Fidèle Rossinante me roule malgré moi hors de l'atelier et me plaque en haut de l'escalier d'où j'ai une vue plongeante sur ma mort éventuelle, qui ne survient pas, pas encore.

En bas il y a Pauline, uniquement Pauline, chère inoffensive Pauline avachie sur le sofa comme une madame Récamier exténuée. Habillée, entortillée dans son imperméable qui lui sert de couverture, elle dort avec la pesanteur de quelqu'un qui a plusieurs vies de sommeil à rattraper. De temps à autre, une petite toux rauque la bouscule et la laisse retomber sans ménagement dans les limbes. Une puissante odeur de cigarette s'élève de ses vêtements, elle qui a fait de l'antitabagisme son apostolat. Au bout de son bras déplié, un de mes dessins pendouille comme une chose morte : une tête fauve, la tête de Maggie. Je le lui enlève doucement. Elle se réveille aussitôt. Elle me dévisage avec indignation.

— Qu'est-ce que tu fais ici ?

Je lui prépare du café, pour l'aider à retraverser de ce côté-ci de l'existence. Elle se recroqueville peu à peu tandis que le venin de la réalité recommence à lui parcourir les veines, elle n'est bientôt plus qu'une boule dure qui fait de la résistance, barricadée sur mon sofa.

— Demande-moi où j'étais, cette nuit. Demande-moi ce que j'ai fait. Non, je n'étais pas chez moi. Non, je ne gisais pas dans mon lit à côté de mon réveille-matin bien réglé et de mon verre d'eau distillée et de mes capsules de passiflore concentrée qui facilitent le sommeil. J'étais dans la rue, toute la nuit, je faisais la rue, comme une guidoune qui ne se décide pas à harponner quelqu'un, une guidoune sous-douée en début de carrière. J'ai fait tous les bars du boulevard Saint-Laurent, l'un après l'autre. Sais-tu combien il y a de bars sur le boulevard Saint-Laurent ?... Demande-moi combien il y a de bars sur le boulevard Saint-Laurent. Il y en a un. Ah ah. Un seul, un immense, un monstrueux et fertile, et plein de rhizomes ont poussé et sont sortis de ce grand Bar Mère et se sont épivardés tout le long du boulevard Saint-Laurent de Viger à Bernard comme les petits du mûrier sauvage, *Rubus occidentalis*, qui se divise par marcottage naturel. C'est facile de voir qu'il s'agit du même plant duplicaté et trillionicaté parce que tous les petits se ressemblent, avec de minuscules variations dans les couleurs et les musiques bien entendu pour essayer de donner le change, mais c'est le même bar, partout, et puis d'ailleurs, c'est le même client, aussi, le même fruit rouge ou noir et jeune jeune, terriblement jeune. Je crois bien que je n'ai rencontré qu'une seule personne, cette nuit, sur le boulevard Saint-Laurent, ces centaines de filles et de garçons aux cheveux jeunes et aux habits collants en lycra sont tous des duplicata, c'est sûr, des clones du même plant mère, j'étais la seule cette nuit à appartenir à un autre arbuste absolument implantable dans le secteur, la seule d'une famille en voie d'extinction, moi qui n'ai même pas de famille.

Je lui apporte du pain grillé avec le café. Pauline mange et boit peu, presque aussi peu que moi-même.

Puis elle consulte sa montre et, galvanisée par ce qu'elle y lit, elle se lève. Elle évite les yeux d'Egon Schiele au-dessus du sofa mais elle ne parvient pas à éviter les siens, qui l'attendent sans complaisance dans le miroir.

— C'est donc à ça qu'on ressemble quand on passe une nuit blanche. Je n'avais jamais passé de nuit blanche avant cette nuit. Tu ne ris pas ?... Tu devrais rire, c'est risible, une femme de quarante-deux ans qui n'a jamais passé de nuit blanche sauf dans son lit à se démener pour ne pas vivre de nuit blanche. Pour ne pas vivre de nuits. La nuit, il faut dormir, il faut faire semblant que ça n'existe pas, que c'est juste là en attendant. On devrait interdire les nuits. C'est trop dangereux, tous les repères sont invisibles, la nuit, comment marcher dignement quand on ne voit même pas où on marche, comment faire pour distinguer les gens raisonnables des autres ?...

Et tandis qu'elle parle devant le miroir, en contemplant avec étonnement ses yeux que les cernes ont maquillés sans son consentement, elle retrouve ce geste si poignant de se prendre dans ses bras pour se prémunir contre des dangers impalpables, et je saisis mon fusain et du papier avant que l'inquiétude ne s'en aille d'elle.

— J'ai le sens du devoir. Je suis une femme raisonnable. Tu le sais. Je prends soin de ma santé et de celle de Laurel. Quand je rentre de travailler, le soir, Laurel est là, et toutes les pièces qui font que la vie est un puzzle raisonnable se mettent en place, et je vais dormir avec la conscience apaisée, et je fais des rêves polis et raisonnables — les autres, s'il y en a, je ne me les rappelle pas. Hier soir, Laurel n'est pas rentré. J'ai fait semblant que ça ne changeait rien à l'ordinaire, j'ai mangé et j'ai écouté de la musique et après j'ai regardé le téléjournal, et il était onze heures et il ne rentrait pas, alors rien n'avait plus de sens, regarder le téléjournal et enfiler ma jaquette et régler le réveille-matin, rien n'avait plus de sens, j'ai senti que j'allais mourir tout à coup si Laurel ne rentrait pas et ne venait pas donner de sens à la respectabilité et à l'ordinaire, et je suis sortie, Max, avant de mourir, je suis sortie en courant, même si la nuit est remplie de dangers, même si les bars sont pleins de fumée nocive pour la santé et d'odeurs mauvaises pour le bon ordre des choses, et même si les gens sont affreusement jeunes et beaux comme elle, tu vois, comme ta Maggie que tu peins à longueur de journée et à qui tu fais des têtes si merveilleuses tandis que moi — montre-moi ton dessin pour voir... — moi, je n'ai toujours que des bras respectables, de pauvres bras raisonnables qui n'ont plus personne autour de qui se refermer, oh Laurel Laurel Laurel Laurel... Excuse-moi. Il faut que j'aille ouvrir ma boutique, maintenant. Excuse-moi d'être entrée chez toi à quatre heures du matin. C'est ta faute, aussi, il suffit de pousser ta porte pour qu'elle s'ouvre, c'est tellement rare à quatre heures du matin une porte qu'il suffit de pousser pour qu'elle s'ouvre...

Juste avant de partir, elle se penche vers moi et vient déposer sa tête sur mes genoux comme elle faisait avant, du temps que j'acceptais de la délester d'une partie de ses fardeaux intimes. Maintenant, elle se contente de ce qui est disponible, quelques minutes d'inconfort osseux et fraternel pendant que je lui tiraille affectueusement les cheveux.

— Qu'est-ce qui me manque ? Qu'est-ce que j'ai en trop ? Dis-le-moi. Beaucoup de choses, probablement, mais quoi en particulier, quoi de remédiable ? Nomme-moi une chose que je pourrais ajouter ou enlever comme un manteau, et qui ferait qu'on m'aime un peu, qu'on m'aime passionnément... Tout à l'heure, quand tu m'as découverte chez toi, tu as peut-être connu un moment de grand bonheur, tu as peut-être pensé qu'une inconnue venait d'échouer sur ton sofa, abandonnée par le ressac de la nuit, une belle inconnue affriolante que tu pourrais aimer...

Je lui dis que je n'ai jamais été aussi heureux que tout à l'heure, si heureux qu'elle soit elle et pas une autre — et c'est la stricte vérité même si elle ne peut pas me croire.

— Tu gémissais dans ton sommeil, Max. Tu as dû manger quelque chose de trop lourd avant de te coucher. Bon. J'y vais. Toute la journée s'en vient. Souhaite-moi bonne chance. Est-ce que ça t'arrive, des fois, de voir la journée qui s'en vient comme une aventure terrifiante dont tu ne sais pas si tu sortiras vivant ?

Oui. Aujourd'hui, par exemple.

Mais Pauline s'en va sans attendre ma réponse, sans s'attendre en fait à ce que je réponde car on ne fait bien qu'une chose à la fois, et parler de soi est une entreprise épuisante qui assourdit les mots des autres.

Autour de moi tout est normal, la lumière de novembre se fait rétive comme il se doit, les couleurs piaffent d'impatience sur ma table de travail, des corps en quête d'âme rôdent sur mon chevalet. Aujourd'hui, pourtant, tout semble menaçant.

C'est à cause du silence.

Depuis des jours, dès l'aube, j'entends les reta-peurs professionnels qui s'esquintent dans l'appartement voisin. Déchaînement de marteaux et de scies, tintamarre viril auquel j'ai fini par prendre goût parce qu'il estompe les peurs et les fantômes. Il n'y a rien de plus périlleux que les sons clandestins, ceux qui rampent entre les fentes du plancher, ceux qui chuintent mollement des fils téléphoniques. Hier, soudainement, les vacarmes ont perdu de leur franchise et sont entrés dans la clandestinité : j'ai entendu des pas, toutes sortes de pas, des feulements de colis que l'on traîne, des transbordements de matières qui ne peuvent être que dangereuses. Et aujourd'hui, silence. Il n'y a rien de bon à attendre d'un silence qui tombe ainsi sans crier gare, comme une cape de vampire.

Je tente de travailler : tous ces membres répandus dans mon atelier — les bras au fusain noir de Pauline, les jambes rougeoyantes de Laurel, les têtes ensoleillées de Maggie... — m'apparaissent soudain comme des morceaux épars qui ne retrouveront jamais leur destination, des Osiris mutilés que j'ai cruellement spoliés de leur condition divine. À midi, au moment de la lumière maximale, je me décide à sortir dans le corridor, là où il y a ce silence à élucider avant toute autre chose.

Le corridor est éclairé, maintenant, on y a ajouté des néons qui l'illuminent jusqu'au tournant, loin devant, tel un long boulevard, et je m'en vais sur Fidèle Rossinante comme on baguenaude en effet sur les boulevards un lundi midi d'oisiveté heureuse, en humant l'odeur de fumée qui s'exhale des cuisines familiales et en slalomant l'estomac excité entre les automobiles garées en double. Et moi aussi je me gare, devant la porte voisine opportunément entrouverte, mais je ne descends pas de ma monture et pour cause, j'attends de comprendre d'où émanent ces fumets de bonne viande cancérigène et d'angoisse grillées, j'attends que la porte s'ouvre d'elle-même sur des réponses. Et bizarrement, c'est ce qu'elle fait. Il faut faire confiance aux choses.

En face de moi se tient Julienne. Elle s'essuie les mains sur son petit tablier à fleurs. Elle me fait un sourire espiègle, un sourire qui n'est pas du tout étonné.

— C'est toi, dit-elle. Le repas est prêt. Veux-tu des croûtons avec ta soupe ?

Elle me conseille de fermer la porte, à cause des virus qui aiment voyager en groupe dans les courants d'air. Elle trottine devant moi et les talons de ses souliers plats claquent sur la marqueterie neuve, elle disparaît au détour du corridor. Car il y a un corridor, maintenant, dans ce qui était un carré désaffecté et spacieux, les retapeurs ne reculant devant aucun néant métaphysique ont inventé un corridor et des cloisons pour compartimenter le vide, et ces cloisons semblent avoir toujours existé, plâtrées lissées tapissées de papier peint et de quelques tableaux qui font des efforts louables pour ressembler à des choses de la vraie vie plutôt qu'à des tableaux.

Tout de suite je les reconnais, ces chefs-d'œuvre qui ont ornementé mon enfance, nous nous reconnaissons si bien qu'ils me font une haie d'honneur tandis que je m'avance à leur rencontre dans le corridor — les deux paysages en écorce de bouleau, qui ont échappé de justesse à mes premières pulsions pyromanes ; le portrait d'une petite fille aux yeux de vache inconsolable d'où coulent des stalactites ; l'inévitable Pierrot de velours swinguant sur son croissant de lune ; un puzzle assemblé, collé et encadré où douze mille morceaux de nuages, de banquises et d'ours

120

polaires se confondent en une même fédération blanchâtre, défiant la ténacité des chercheurs de caractères distincts...

Et plus je m'avance en terrain connu, plus je recule vers un champ miné où les objets jouent à n'avoir jamais bougé, le même miroir biseauté où je ne m'aperçois maintenant que le sommet du crâne trône au-dessus de cette patère de chrome où je ne saurais plus hisser mes vêtements, à côté de la vieille horloge coucou et de son imbécile d'oiseau désormais inaccessible, près de l'armoire en coin dans laquelle je ne pourrai plus jamais me faufiler...

Ils sont tous là, à l'endroit précis où ils ont toujours été, vieux chiens aveugles que je n'ai pas réussi à semer dans ma fuite en avant. Peut-être suis-je revenu dans cette maison de Limoilou où j'ai été un enfant unique aux quatre membres trépignants, peut-être suffit-il de pousser une porte entrouverte, parfois, pour accéder à des planètes disparues.

Julienne s'active dans la cuisine. La cuisine, elle aussi, est une réplique exacte de celle qui gît dans ma mémoire, sous des monceaux de poussière que je croyais inexpugnables. Mon couvert est déjà sur la table, près du sien — sans doute n'a-t-il jamais cessé d'y être. Les assiettes de soupe refroidissent côte à côte et mêlent leurs fumées transparentes comme des canons alliés qui viendraient de tirer.

— Viens t'asseoir, dit Julienne, sans aucun sarcasme dans la voix.

M'asseoir.

Je m'approche, assis irréductiblement jusqu'à la moelle, je roule mon assise permanente près de la cuisinière où Julienne pile des pommes de terre avec un affairement de jeune épouse. Elle a recommencé à teindre ses cheveux. Je la regarde, de dos, et c'est comme plonger dans un mirage où l'image vacille et menace de vous engloutir avec elle, si mince dans sa jupe noire, si forte sur ses jambes fines, elle est réelle et concrète et elle a trente ans de moins tout à coup — et moi aussi, moi aussi j'ai trente ans de moins et il suffirait que je m'appuie la tête sur tes reins, maman, et que tu m'enserres dans tes bras pour que je retrouve l'enfance intacte où l'on est immortel et où l'on rit à l'abri de la vie qui aboie au loin, oh s'il te plaît cache-moi dans ton abri antiplanétaire pour que la vie qui a la rage ne me trouve jamais, redonne-moi mon rire aveugle et la distance, surtout, maman, la distance jadis si grande entre la mort et moi...

— Mange, Maxime, pendant que c'est chaud. Veux-tu des petits pois avec ton steak ?... Veux-tu plus de pommes de terre ?... Quand tu sortiras tout à l'heure, oublie pas de t'habiller chaudement ils annoncent de la neige pour aujourd'hui... J'ai fait du gâteau aux fruits, mon premier de l'hiver, tu vas en prendre un morceau c'est certain...

Et comme elle se retourne vers moi, je vois son visage jeune dépiauté à coups de rides et les veines de ses mains lisses bombées comme de gros tuyaux, je vois bien que nous avons trente ans de plus et que c'est une tricheuse.

— Ce soir pour souper je fais cuire un jambon, un bon jambon à la bière et au sirop d'érable comme tu aimes, fais-moi penser c'est vrai de te donner un gallon de sirop d'érable et de la compote de pommes... As-tu tout ce qu'il te faut comme lainages pour l'hiver, voudrais-tu que je te tricote c'est une affaire de rien un foulard et un chandail d'ailleurs j'ai déjà commencé, c'est bien du 40 que tu habilles ?...

Son regard me fuit, elle lance ses yeux et ses mots devant, vers l'enfilade du salon où j'aperçois des dessins d'enfants épinglés sur le mur, les miens bien entendu, et des photos agrandies, de moi bien entendu, à cet âge précambrien où je portais des culottes courtes par-dessus deux jambes longues. Je suis partout dans ce musée, embaumé et cireux, prêt pour la mise en terre.

Je lui barre la route tandis qu'elle tente de s'échapper, je viens appuyer contre ses chevilles trompeuses de jeune femme les pattes nickelées de Fidèle Rossinante et je lui saisis la main, rudement, pour la forcer à me regarder.

— Tu me fais mal, Maxime, laisse-moi tu me fais mal...

Qu'est-ce que tu fais ici, Julienne ?... Pourquoi tu me fais ça ?... Arrête ta musique rétro qui grince, détricote-moi ces chandails et ces jambons qui puent la moisissure, démantibule je t'en prie ce décor de carton-pâte avant de devenir folle, avant de nous rendre fous tous les deux...

Elle me regarde, pour de vrai. Je cherche à lire la déraison dans ses yeux gris fanés, le délire qui devrait siéger là, au sommet de son âme. Il n'y en a pas. Ce qu'il y a, dans cette eau limpide qu'elle jette sur moi, c'est de l'amour, un amour total, incontournable. Elle pose sa main libre sur ma tête et caresse mes cheveux, amoureusement.

— Laisse-moi faire, Maxime. Laisse-moi faire ça pour toi. Je sais combien la vie est dure, je connais toutes les laideurs qu'il y a dans le monde. Ici, c'est un endroit où rien de mal ne peut t'arriver. Pourquoi ce serait juste la vie présente qui serait réelle ? Pourquoi on pourrait pas visiter ses souvenirs comme on visite d'autres pays ? Ici, c'est une oasis de souvenirs. Si tu vas dans le salon, tu vas rencontrer ton père. Si tu vas dans ta chambre, tu vas retrouver tes jambes. Le présent a disparu, ici, tout est redevenu possible. Tu peux venir n'importe quand, tu peux décider de jamais revenir. Moi, je vais toujours être ici, juste pour toi. Tu vas toujours trouver ici quelqu'un qui t'aime. Mon garçon, mon petit garçon.

Je lui dis de se taire, je lui dis que je vais partir, que je vais déménager dès que cela me sera possible. Sa main retombe sur son tablier et reste là. Ses yeux me suivent jusqu'à la porte, indéfectiblement fidèles.

— Tu sais bien que je te retrouverai, dit-elle. N'importe où je te retrouverais.

Je retourne chez moi à un train d'enfer. Je tente de verrouiller la porte pour une fois, mais la serrure ne fonctionne plus, ankylosée par l'inaction. Très loin devant, dans les fenêtres, le crépuscule commence à allumer son spectacle rouge. Bientôt, les coulisses seront livrées à des figurants qu'il ne faut pas regarder en face sous peine d'être changé en statue larmoyante. Il manque soudain quelque chose d'essentiel, ici, peut-être de l'oxygène, il manque les conditions minimales pour survivre. Je me répands dans l'appartement en pièces détachées, je me désagrège en particules élémentaires comme après le passage d'une bombe. Lorsque le téléphone sonnera plus tard et que ce sera elle, je ne pourrai pas répondre pour cause de morcellement irréversible.

J'appelle Mortimer. Il n'est pas chez lui. Je l'appelle à son atelier, au numéro que je suis seul à connaître. Il répond avec une nonchalance que je lui ferai payer cher. Je lui dis de s'amener ici tout de suite, lui et son grand christ de corps entier. Il marque une très légère pause, puis il dit oui, et il raccroche. Il met peu de temps pour arriver, mais peu c'est beaucoup trop dans l'état où je me trouve. Quand il entre, j'ai déjà déchiré toutes les études de Laurel et assassiné ces jambes rouges qui triomphent insupportablement de la pesanteur. Mais l'ennemi est infiltré partout, il me reste encore tant de choses à fracasser et à anéantir avant d'être anéanti que je n'y arriverai pas seul, aide-moi, Gérald Mortimer, détruis au plus sacrant le miroir qui me réduit à ma misérable simple expression et le téléphone infernal qui me livre pantelant à mes agresseurs, bloque toutes les issues avant que je ne sois noyé dans le déferlement des renforts adversaires, christ Gérald Mortimer aide-moi.

Il reste calme, il s'accroupit près de moi et il dit : « Ça va, Max, ça va aller », mais ça ne va pas, nulle part, où voudrait-il que ça aille, et je l'insulte avec ce qui me vient à l'esprit de plus meurtrissant et de plus vénéneux mais ce n'est pas encore assez, alors je le frappe de mes deux mains dépareillées, la fine et la bancale, je le frappe de tous mes ressentiments réunis et il reste là arc-bouté à mes genoux morts et consentant à tout, je le frappe je le frappe et je ne sais plus qui de lui ou de moi encaisse les blessures et les inflige.

Après, lorsque cela tombe enfin, je lui dis qu'il y a du mercurochrome dans la pharmacie et une bouteille de tequila dans le frigo, et nous buvons jusqu'à l'aube, désinfectés et silencieux. Il ne sait pas que le téléphone entre nous repose comme un dernier règlement de comptes. Quand elle téléphonera, c'est lui qui répondra.

Mais Lady n'appelle pas. De l'autre côté de la fenêtre la nuit reste noire et son absence crève les yeux, nous buvons toute la nuit tandis qu'elle n'appelle pas.

PORTRAIT DE JOURNÉE HEUREUSE

— Ça commence par un faux numéro. Ou plutôt par un vrai numéro qui a changé d'abonné. Elle tente de rejoindre quelqu'un qu'elle aimait, et c'est sur lui qu'elle tombe...

— Mm.

— Peut-être qu'elle revient d'un très long voyage, et quand elle revient, son monde d'avant a basculé, tous ses amis ont déménagé dans d'autres vies sans laisser d'adresse. Peu importe le numéro de téléphone qu'elle compose, c'est toujours « this is a recording », ou des voix d'étrangers qui surgissent et qui l'expédient vite fait.

— Et alors.

— Alors, elle se sent seule comme une extra-terrestre. Non, pire, comme une terrestre que sa propre terre flanque dehors à coups de pied au cul.

— Et pourquoi ce type sur lequel elle tombe par erreur ne fait pas comme les autres, pourquoi il ne l'expédie pas vite fait, lui aussi ?...

— Franchement, Max. Parce qu'il n'y a pas d'histoire, s'il fait ça, l'imbécile !

— Tu vois. C'est faible comme motivation, c'est plaqué.

— Donc il répond. Bon, admettons qu'il lui raccroche presque au nez la première fois, comme n'importe quel autre imbécile. Admettons. Mais elle, elle tient tellement à rejoindre celui qu'elle veut rejoindre, et elle ne dispose pas d'une autre piste, alors elle le rappelle à ce numéro, et elle s'excuse de l'importuner, et sa voix est tellement remplie de désarroi qu'il ne peut pas raccrocher, il reste là au bout du fil à s'excuser de n'être pas celui qu'elle cherche et à la conseiller sur ce qu'elle devrait faire pour retrouver la trace de celui qu'elle cherche... C'est plaqué, ça ?

— Mm.

— Alors il y a cette deuxième fois où elle le rappelle. Et puis de fil en aiguille, il y a d'autres fois. Elle le rappelle, et elle ne parle plus de l'autre qu'elle cherchait, et il ne pense plus à raccrocher.

— C'est toujours elle qui appelle ?

— Oui.

— Pourquoi ?

— Je ne sais pas. Qu'est-ce que tu en penses ?...

Nous sommes assis chacun de notre côté de la bulle fermée par le rideau étanche, et nous devisons tranquillement comme dans un salon de thé, glou-glous de liquides chauds et petit doigt en l'air. En apparence. Mais chaque seconde de silence est un tunnel dans lequel s'engouffre notre gravité difficile-ment tenue en laisse, chaque badinerie nous rentre dans le ventre. Elle a rappelé, comme si de rien n'était, comme si elle n'avait pas laissé stagner entre nous une interminable semaine de silence. Et je lui parle comme si je n'avais plus rien de dramatique à lui révéler. C'est le matin, partout, surtout là entre nous, où des commencements et des orées se bousculent et semblent vouloir s'ouvrir sur on ne sait quel terrain vague.

— Et qu'est-ce qui se passe, après ?...

— Ça, simplement. Ils se parlent au téléphone, toute l'histoire est contenue là, dans ces moments où ils sont ensemble, à se parler au téléphone.

— Ils ne se voient pas.

— Non.

— Ils ne se rencontrent jamais.

— Non.

— Tu appelles ça une histoire d'amour ?

Elle pose sa tasse de café de l'autre côté de la hyène grimaçante, et j'entends le bruit vexé que font ses mains qui jouent avec la porcelaine, qui s'occupent à de petits mouvements inachevés. Quand sa voix revient, elle a chuté d'un cran, elle se répand autour de moi comme une nappe souterraine.

— C'est une histoire d'amour, Max, bien plus extraordinaire justement parce qu'ils ne se voient pas et ne se rencontrent jamais, justement parce que rien d'autre ne vient perturber leur état de grâce... Tu sais combien les débuts de toute chose sont des états de grâce, non ? Ou peut-être que tu ne le sais plus...

— Mm.

— Tous les deux emprisonnés par la voix de l'autre, et se découvrant petit à petit et s'imaginant et se séduisant, tranquillement, avec juste l'arme de la voix et des mots... Oh, sens-tu comment ce peut être une MERVEILLEUSE histoire d'amour, infiniment supérieure à celle des autres, tous les deux figés là, dans le début, dans le désir fantastique, tandis que les autres se ruent sur la consommation et la consumation jusqu'à ce qu'il n'y ait plus que des restes tièdes et calcinés, comprends-tu, comprends-tu, Max ?

— Non. Quels autres ?...

— TOUS les autres. Partout. Ceux et celles avec qui ils ont eu des histoires d'amour, avant. Ceux et celles qu'ils croisent dans les rues, au restaurant, qu'ils devinent dans les chambres, tous les amoureux du monde qui se dépêchent de dilapider leur passion, qui n'arrêtent pas de se coller de se colleter de se tenir les mains de s'agglutiner de se pétrir de se fouailler jusqu'à ce qu'il n'y ait plus rien rien rien à taponner et à découvrir et que leur fabuleux amour ne soit plus qu'un reste de bonbon fondu ratatiné dégueulasse...

— ...

— Es-tu là ?

— Oui.

— Tu ne parles pas.

— Non.

— Tu ne l'aimes pas, mon histoire.

— Ça dépend. Comment elle se termine ?...

— Elle n'est pas obligée de se terminer.

— Oui. Toutes les histoires se terminent. Il y a le mot FIN écrit fatalement quelque part. C'est simplement qu'on ne lit pas toujours jusqu'au bout.

— Arrête.

— J'arrête. FIN.

— C'est le début, j'en suis au début merveilleux, oh j'aime tellement les débuts... Je la vois, elle, surtout. Les premières conversations qu'ils ont ensemble, j'entends sa voix à elle, un peu trop basse pour une voix de femme, c'est à cause de ce très long voyage où elle a perdu l'habitude de parler français, mais sa voix à lui, je n'arrive pas à l'entendre du tout... Peut-être parce qu'il est un peu réticent, au début, ça ne fait pas une belle voix, la réticence, ça installe de petites mesquineries dans les silences, ça gaspille la communication... Je ne sais pas pourquoi il est réticent comme ça... Qu'est-ce que tu en penses ?

— ...

— Max.

— Oui.

— Parle-moi, juste un peu. Que je sache que tu es proche.

— Je t'écoute.

— Je parle trop. Quand je m'arrête, je m'aperçois qu'on est très très seul, ici.

— Elle est à toi, cette histoire, on est seul avec ses propres histoires.

— Il est méfiant, voilà ce qu'il a... Il est... très occupé par lui-même, il se bat contre des moulins à vent en dedans et ça lui bouffe toute son énergie... Sa voix, je commence à l'entendre, sa voix est égratignée, il a la voix d'un blessé. Ça devrait la rebuter, mais au contraire, on dirait que ça la stimule, que ça l'incite à le rappeler, sans arrêt. Pourquoi ?... Je ne sais pas pourquoi.

— Peut-être que ça l'excite, entendre la douleur dans la voix des autres. Peut-être que c'est une sadique.

— Franchement, Max.

— J'essaie de t'aider.

— Merci beaucoup.

— Maintenant, tu dois avoir bien assez de matériel pour la commencer, ton histoire...

— La nuit prochaine, je la commence.

— Pourquoi pas aujourd'hui ?...

— Parce qu'aujourd'hui, c'est le jour, et que le jour, je suis volée, je ne m'appartiens pas. Il faut que je m'en aille. Oh, il est neuf heures.

— Où tu vas ?...

— Je m'en vais me faire voler ma journée.

— Attends.

— Oui... Quoi ?

— ...

— Oui, Max...

— ...

— Quoi ?... tu veux me dire quelque chose ?... Peut-être tu souhaiterais... tu voudrais...

— Non. Rien.

— Rien ?...

— Rien.

— Bon. À demain. À demain ?...

— Si tu veux.

— Si je veux.

Elle soupire, comme si je venais de lui dérober quelque chose d'infiniment précieux au moment où elle s'y attendait le moins.

— Est-ce qu'on se fait un vrai salut, je veux dire par la fenêtre, un petit petit salut en se zieutant face à face ?... S'il te plaît ?

La hyène s'écarte, sans m'arracher le cœur au passage, sans me laisser tout nu et grelottant dans les affres de l'angoisse. Je ne sais pas si c'est bon signe, s'il faut y lire de la capitulation ou de l'indifférence. Et maintenant que nous nous trouvons visibles l'un à l'autre et infiniment distants malgré tout, nous ne nous saluons pas, Lady et moi, nous nous regardons, nos regards comme des ventouses de poulpes qui ont trouvé prise à leur mesure.

— Ça fait plaisir, souffle-t-elle presque imperceptiblement. Tu es toujours plus beau que dans mon souvenir.

Il y a des journées comme ça, bénies, où l'on est submergé de parfums et de brises sans avoir pourtant bougé de sa tanière, des journées où les exubérances de la vie nous rattrapent et alors tout coule facile et possible, des gens nous trouvent beau, d'autres nous font de la musique. Devant moi, Jim fourbit le bec de son saxophone, Alain arrache de brefs miaulements à son harmonica électrique pour le réchauffer, Tonino tapote le manche de sa guitare dressée comme une arquebuse et il en sort des lap-pidi-lap-pidipidi-LAP triomphants et répétitifs, comme un rythme essentiel pour la levée de l'ancre, car ils sont tous trois des images réelles du très vif bonheur de partir, à bord d'un bateau qui naviguerait hors du silence, dans le remuement des sens.

Nous sommes trois, aussi, du côté de la fabrication des images, Charles et Robidoux-doux-doux et moi, nous aiguisons nos pinceaux et nos crayons, nous diluons nos encres et nos couleurs sur des tables-chevalets improvisés en attendant que la musique s'empare de nouveau des musiciens et nous laisse flamber avec eux.

Et puis un peu partout répandus dans mon espace vital, il y a des gens, d'abord dix ou quinze et peut-être trente maintenant, la femme de Charles et le frère cadet de Jim et la petite fille de Tonino que materne la blonde d'Alain et d'autres, plein de têtes inconnues qui surplombent des corps étrangers mais aussi des familiers qui, s'étant arrêtés accidentellement me voir, ne sont pas repartis, Maggie léonine dans son pantalon de léopard, Laurel à l'écart avec son sourire de sphinx, Julius Einhorne obstruant temporairement l'entrée de son large torse au repos... Des fleuves de victuailles et de vin circulent entre les envolées des musiciens, des grappes de rires s'échappent sans arrêt en ballons dans les airs, je crois bien qu'il s'agit d'un party.

Tout a commencé avec les musiciens. De temps à autre, ils investissent mon appartement pour répéter, et j'en profite pour les croquer sur le vif, en flagrant délit de délire contrôlé. Cela donne toujours des tableaux très gais, contaminés par les couleurs pétaradantes de leur musique qui mélange la salsa et le blues défoncé. On se connaît suffisamment pour que les mots ne soient plus de première nécessité entre nous, on travaille à l'aise chacun de son côté à remplir les blancs laissés par l'existence. À cinq heures, habituellement, ils s'en vont et moi je reste, et la journée se referme comme une boîte qui a donné ce qu'elle contenait.

Parfois, aussi, j'invite des peintres à venir profiter d'un modèle, Charles et Robidoux et Harry par exemple, et nous besognons ensemble dans mon atelier pendant des heures en nous adressant sporadiquement des ricanements de contentement. Mais aujourd'hui où je n'avais invité personne ils sont tous arrivés, le petit Charles et le bégayant Robidoux et Harry qui s'est cassé le poignet droit et après eux les hasards et les gens n'ont pas cessé de s'empiler, transformant ce samedi en jour de Noël, ou peut-être simplement en vrai samedi comme ils devraient tous l'être.

Je ne me reconnais pas dans ce jovial hurluberlu qui manie le pinceau et les salamalecs en badinant, qui laisse planer sur le grouillement ambiant des regards affectueux. Où sont passés mon quant-à-soi, ma haine des multitudes, mon armure protectrice ?... Plus tard, il surnagera ici suffisamment de fumée et de mégots liquéfiés pour fomenter des cancers dans les poumons les plus récalcitrants, plus tard je ne retrouverai mes objets de survie quotidienne qu'à des sommets vertigineux d'où ils me nargueront, la cafetière lévitant dans l'armoire du haut, le sucre ricanant au-dessus du frigo, le papier hygiénique suspendu à un lustre, plus tard on aura éventré par mégarde une dizaine de mes toiles et échappé des litres de vin rouge sur mes dernières esquisses et il ne subsistera ici que du froid et du noir comme après la fulgurance d'un incendie. Mais je souris, inepte, et je suis atteint jusqu'à la moelle par ce qui ressemble à du bonheur.

J'avais oublié. Depuis que le Big Bang m'a forcé à me replier dans mes retranchements pour éviter d'être piétiné par les géants debout, depuis qu'il m'a fallu choisir cette petite mort sociale pour survivre tout court, j'avais oublié à quel point les rassemblements humains sont fertiles en illusions heureuses. L'illusion par exemple de se trouver dans l'exact centre du monde, délivré de son individualité pesante, l'illusion d'appartenir à un organisme gigantesque qui prend enfin en charge nos détresses et nos tâtonnements.

Les musiciens jouent, transfigurés par la lumière du couchant qui commence à les assaillir par derrière. Nous travaillons côte à côte comme des siamois, Charles et Robidoux et moi, et quand l'un de nous esquisse une phrase ou un tracé de couleur sur son papier, les deux autres poursuivent ce qui s'est amorcé, en puisant dans la nappe commune qui nous relie soudain l'un à l'autre tel un liquide amniotique, et quand l'un de nous qui n'est jamais moi se lève pour se dégourdir les jambes, les deux autres, y compris moi, sentent les pulsations accélérées du sang dans leurs veines. Il serait facile de ne plus pouvoir se passer de cette osmose, si facile de refuser pour toujours d'être tout seul dans son corps.

Plus tard, lorsqu'une accalmie est décrétée pour permettre aux musiciens de manger et de boire, je me roule à travers la petite mer vivante qui se fend difficilement sur mon passage, de plus en plus persuadé de n'être plus ni moi ni chez moi, jusqu'à la salle de bains où des troupeaux de filles que je ne connais pas sont à papoter et à se papouiller comme dans un salon d'esthétique. J'attends pendant des siècles, rempli d'indulgence. Quand je m'y glisse enfin, vaguement soulagé de renouer avec un peu de territoire privé, Laurel s'y glisse aussi, leste comme une scolopendre.

— Faut que je te parle, ici on sera tranquilles, déclare-t-il en verrouillant soigneusement la porte derrière nous.

Il se cale les reins contre le rebord de la baignoire, prêt à soutenir tous les sièges qui s'imposeront, et il me regarde avec des yeux qui débordent d'urgences et de secrets d'État. Comment refuser d'en recueillir quelques-uns ?... Pour bien lui signifier cependant que la promiscuité forcée présente des risques, je vide mon pot turquoise dans les toilettes et je fais mine de m'occuper de mes ablutions personnelles, mais il détourne à peine le regard tant le spectacle de ses propres intimités l'hypnotise.

— C'était la semaine de lecture, au cégep... Sais-tu où j'ai passé la semaine ?... Devine... Chez elle.

Dans sa maison à elle. Tout seuls, tous les deux. Toute la semaine. On est pas sortis. Sauf pour aller chez le dépanneur. Acheter de la bière et du coke et des chips. On a regardé plein de films. Qu'elle avait loués. On a parlé. Des nuits de temps. On s'est fait griller des brochettes et des marshmallows dans le foyer. Je couchais dans le salon, entre le foyer et le piano. Elle, elle couchait dans le vestibule. Sur un matelas par terre. La maison est super grande, il y a plein de chambres au deuxième. Elle aime pas les chambres. Elle dit que les chambres, c'est des niques à fantômes. La nuit, on parlait. Elle dit que dormir, c'est comme se sauver de la vie, c'est une lâcheté. On parlait d'elle, de moi. De l'amour. Ris pas. Tous les films qu'on regardait étaient des films d'amour. Pas des films cochons, au contraire, des vieux films où on voit même pas la cuisse d'une fille. *Casablanca*, *Quai des brumes*, des vieux films de quand j'étais même pas né. J'aurais dû trouver ça platte. J'aimais ça. Sacre, j'aimais ça. Elle disait : regarde comment il lui dit ça, regarde où la caméra se tient pour montrer combien il a de la peine, elle disait : écoute comme c'est bien écrit le dialogue, elle faisait revenir le film en arrière, elle disait : entends-tu comme c'est beau ?... C'était vrai. Tout ce qu'elle disait était vrai. Elle dit que l'amour est une folie, *subversive*, la seule qui vaut la peine. J'ai regardé dans le dictionnaire, « subversive », c'est contre l'ordre établi. Le jour, on fermait les rideaux, on regardait les films, on buvait du coke pour se tenir réveillés. Elle aime pas les tisanes, les vitamines, les affaires de granolas. Elle dit que c'est depuis que les gens ont arrêté de manger de la viande rouge qu'ils ne vivent plus de grand amour. La nuit, on s'allongeait sur mon divan côte à côte, on regardait les flammes dans le foyer, et les mots sortaient tout seuls. Même moi, j'avais des mots qui demandaient rien qu'à sortir, je sais pas d'où ils venaient. C'est à cause d'elle. Quand tu es avec elle, c'est comme marcher dans une ville étrangère. Tu te débrouilles dans des rues que tu connais pas, tu parles des langues que tu savais pas que tu savais. Elle ressemble pas à une mère. Elle ressemble à rien. Elle me tenait par la main, parfois, pendant les films. Elle dit qu'on a la même ligne de vie. J'étais mal, quand elle me tenait la main, j'étais bien. Elle m'a tout expliqué, pour elle et moi, je comprends. Je comprends tout. C'est pas une fille qui peut se contenter de triper bébés. C'est pas une fille qui peut se contenter d'une petite vie. C'est à cause de l'amour qu'elle a pas pu me garder. Elle était jeune, presque de mon âge, quand elle m'a eu. Il n'y avait plus d'amour entre elle et ce type-là. Il y avait le petit amour ordinaire, dont tout le monde se contente, mais pas l'autre, pas le *subversive*. Elle est partie. Ça lui a arraché le cœur, mais elle est partie. Elle a bien fait. Il faut pas se contenter de ce que tout le monde a. Ça peut te sucer tout ton sang, les enfants, ça peut t'empêcher de continuer à vivre. Je comprends. Maintenant, je suis un adulte. On est égaux, maintenant. Elle dit qu'on est égaux. Elle dit qu'il n'y a d'amour possible qu'entre les gens égaux. Elle a accroché dans le corridor la peinture que je lui ai donnée. Ta peinture weird, tu sais, celle avec plein de couleurs. Elle dit qu'elle pense à moi chaque fois qu'elle entre chez elle, chaque fois qu'elle sort, chaque fois qu'elle dort et qu'elle ne dort pas. Je ne l'ai pas embrassée, avant de partir. J'aurais pas su comment. Je sais pas s'il existe une manière d'embrasser une mère qui pourrait être ta blonde.

Il a les mêmes gestes, son doigt qui s'agite sur le duvet au-dessus de sa lèvre comme sur une cicatrice qui démange, il parle avec la même voix un peu rauque d'adolescent qui s'éternise dans l'entre-deux. Mais il a changé. C'est dans ses yeux que tout a basculé, une fureur vient de s'installer qui n'a plus rien à voir avec l'enfance, une fureur d'amour et de vie. Bienvenue dans la passion adulte, ti-gars, là où tous les coups bas sont permis et où le sang coule à flots.

— Faut que tu m'aides. À cause de Pauline. Je lui ai parlé, une fois, j'ai essayé. J'y arrive pas. Elle est comme un mur, une craque dans un mur. Je peux plus la voir. Le matin, je me lève plus tard pour pas déjeuner avec elle. Je veux plus qu'elle me regarde avec ses yeux cernés. Pourquoi elle tombe pas en amour avec quelqu'un, sacre, pourquoi elle décrisse pas ailleurs les fins de semaine, pourquoi elle reste là, toujours, comme si rien avait changé ? C'est pas ma faute si elle est pas ma mère. C'est pas ma faute. J'arrive plus à me sentir bien quand elle est là. Pourquoi tu lui parles pas ?

Je le regarde. Il est plus beau depuis que ses joues ont été creusées par des émotions troubles, beau et irréprochable. Quoi de plus légitime que la passion, de plus honnête que le désir d'être heureux, de plus héroïque que le souci de protéger son bonheur des contusions ?... Dommage, ti-gars, que les gens qui nous aiment ne soient pas des Bic jetables qu'on peut expédier dans les toilettes après usage. Quoi de plus embarrassant que le cadavre de ses victimes ?...

À la porte, des multitudes se pressent et tambourinent frénétiquement, il faut évacuer les lieux. Je l'aperçois aussitôt au fond de la pièce, à l'emplacement précis où se tenait Laurel, dans la même position furtive de spectatrice. Pauline. Laurel ne la voit pas. Il s'ouvre un chemin parmi le lacis d'épaules et de torses sautillants avec une énergie de bouvillon, il fonce droit sur elle, mû par les forces ironiques de l'inconscient.

Ils disparaissent tous deux. D'ici, d'en bas où je me tiens, les corps ont la propriété magique de disparaître et de surgir avec une vélocité extraordinaire : je suis comme au cirque, environné d'hommes-canons et de cracheuses de flammes, mitraillé d'effets spéciaux qui lancent au-dessus de moi leurs bolides fugaces. Et comme au cirque, dans les loges inférieures, l'air commence à se raréfier.

Admiratifs et à demi asphyxiés, nous écrasons des pieds durs et emboutissons des fesses tendres dans notre avancée inexorable vers l'oxygène, Fidèle Rossinante et moi. La survie nous conduit près de l'entrée ouverte, et bientôt carrément dans le corridor, en territoire étranger. Julius Einhorne est là, immensément là. Il m'empoigne avec effusion. À côté de lui, rapetissée dans son aura massive, Julienne tente humblement d'exister.

— My friend, you're just who I wanted here right now. Nice party, Maximilian. Look at your mama, right here. Can you imagine, your mama, elle ne veut pas entrer dans le party, dans votre chez-vous ?... Gênée, elle dit. Depuis des heures je veux qu'elle entre, c'est son fils à elle ici, pourquoi elle serait gênée d'entrer chez son fils à elle quand il y a plein d'étrangers qui ne sont pas gênés ?

Julienne se tient les yeux très bas et les lèvres fermées, comme une icône douloureuse. Elle laisse filtrer un souffle de protestation dans ma direction.

— Je ne veux pas déranger, voyons... Ils sont entre eux, entre jeunes...

— DÉRANGER ? s'insurge Julius, mais comment, mais impossible, déranger, when you're a mother, dites-lui, Maximilian, quel bonheur c'est d'avoir sa mama qui vit à côté, quel bonheur dans l'existence d'être plus vieux et d'avoir encore sa mum qui aime son fils... Force her to come in right now, for Christ's sake !

Très loin dans une zone obscure, une petite colère veut se lever en moi, légitime et sûre d'elle, mais elle trébuche contre les grandes jambes de la musique qui s'étirent jusqu'à nous, elle bute sur le regard pur et courroucé de Julius Einhorne et sur celui, misérable, de Julienne. La colère rentre sous terre, et moi avec elle. Je dis à Julienne qu'elle est la bienvenue, bien sûr, qu'aucune invitation officielle n'est nécessaire pour qu'elle pénètre dans mon chez-moi qui est son chez-elle, les banalités plaisantes se mettent à sortir de ma bouche comme les petits pains d'un four chaud.

Elle accepte immédiatement ma reddition, elle se précipite tout sourire dehors vers son appartement, elle en revient les bras appesantis de sandwiches, de gâteaux, de viandes fumées, qu'elle avait « préparés au cas, dit-elle, où tu aurais eu besoin de quelque chose ». Je vois l'attendrissement mouiller les yeux de Julius Einhorne et tenter de se propager jusqu'à moi. Nous rentrons tous trois, lestés comme des rois mages qui ne regardent pas à la dépense.

Les musiciens ont sorti leurs raps et leurs swings tribaux, et rapidement tout le monde est sorti de ses gonds. Ça danse, maintenant, ça s'enchevêtre dans la grande pièce et à l'étage, je vois partout sautiller les couleurs et les bouches ouvertes qui rient. La danse des molécules irradiées par la chaleur, la danse de joie de la matière organique.

Autour de Maggie s'est créé un halo naturel, résistant aux piétinements des autres corps qui bougent près d'elle comme des forcenés. Maggie dansant devient plus belle que toutes les Maggie immobiles : cela doit résulter de quelque loi physique incontournable — la droite qui oscille est le plus courbe chemin entre deux points, les corps gazeux qui chauffent prennent de l'expansion. Les hommes regardent Maggie. Les femmes aussi — les plus généreuses.

Danser.

Souvent, on dansait. Si souvent, toutes les fois que la musique venait se cogner contre nous on dansait, des danses qui n'ont pas de nom, remplies d'ondulations qui n'ont pas de sens uniques, si souvent mon amie Lady mon ami Purple et moi nous emparant de l'espace pour trapper le corps et lui faire rendre son jus, et l'animal désencarcané, démuselé, recommençait à respirer dans ses muscles rouges et son cœur involontaire, oh le bel animal triple que nous étions quand nous dansions ensemble, Lady, Purple et moi, brassant l'air de toutes nos pattes pour monter vers la légèreté, hisser notre triple sexe dans les parages des anges.

Et je vois surgir derrière la tête ensoleillée de Maggie une autre femme qui brûle l'ozone de tous les satellites autour, je vois danser Lady aussi vrai que la vie réelle et que le crépuscule qui se presse aux fenêtres, je vois je le jure Lady enlacer un homme, un seul, tout en jambes longues et en espoirs dégingandés, Long Man qui aimait tellement danser.

Il faudrait peindre ce tableau avant qu'il ne se désagrège, le bonheur coule si vite de nos jours, les modèles sont des huiles trop claires qui se volatilisent avant de sécher. Dans le temps que je prends à me rendre à ma table et à mes pinceaux, cela a déjà commencé à se barbouiller, la toile montre sa trame rugueuse.

L'accroc vient du coin gauche du tableau, là où apparaissent Laurel et Pauline, caricatures de danseurs entravés l'un par l'autre. Pauline chuchote des choses suppliantes à Laurel qui s'efforce de ne pas les entendre, Pauline pleure et Laurel se cache derrière des yeux secs, tout cela en bougeant sur la musique, comme un couple déterminé à ne pas se dissoudre. Mais la souffrance ne se contente pas de pénombre et de demi-portions, voilà qu'elle s'échappe d'eux et gagne du terrain, voilà qu'elle étend ses ailes de pigeon miteux jusqu'au coin opposé du tableau, jusqu'à Maggie qui danse.

C'est à cause de Mortimer. Tout à côté de moi il vient de surgir, et il regarde Maggie. Il la regarde être belle au milieu du monde ordinaire et flamboyer sans autre combustible qu'elle-même. Maggie l'aperçoit. Un instant, elle s'illumine encore plus fort exprès pour lui. Il regarde ailleurs, exprès contre elle. Alors elle s'éteint d'un coup, chassée de son champ de vision, du seul espace qui lui importe vraiment.

Et le tableau redevient celui de la vie quotidienne, avec des gens mouillés par la sueur qui bientôt redescendront dans leur corps de tous les jours, en compagnie de leurs paniques familières.

Je dis à Mortimer que l'asphyxie gagne tout ce qui se touche, c'est vrai, le temps est un rongeur de

course et peut-être vaudrait-il mieux ne pas se voir et
ne jamais se rencontrer pour donner à la passion ses
seules chances de durer. Il me jette un regard aigu.

— T'es saoul, diagnostique-t-il sèchement.

PORTRAIT DE JULIUS EINHORNE

Il neige.

Blancs sont les auvents, les toits gris, les chapeaux de lampadaires et de parcomètres, blanches sont les crottes de chiens sur les trottoirs du boulevard Saint-Laurent, blanches les épaules des Haïtiens, des Portugais, des Chinois qui attendent hors des abris que l'autobus vienne les cueillir comme des fleurs rares.

Blanche est la peau de Julius Einhorne.

Sa chemise enserre les bras d'une chaise vide, plus loin. Sa camisole repose là où elle est tombée. Sa ceinture est une couleuvre entortillée sur le sofa. Julius Einhorne est nu jusqu'à la taille, maintenant, dans ses faux plis de chair glabre. On entend la forge de sa respiration, et, par faible alternance, le frottement de mon pinceau sur le papier.

— Her name is Alice. Alice. Quand je dis son nom, c'est facile, toute la vie est facile. Même faire ça, enlever les vêtements devant vous, Maximilian. Jamais je n'ai enlevé les vêtements devant personne depuis que je suis gros, depuis thousands of years, thousands. La dernière personne, c'était une femme, et elle gardait les yeux fermés, anyway. Years ago. Don't take advantage of me. Don't laugh at me. Si j'enlève les vêtements, je deviens un bébé, Maximilian, et il se peut que je fasse WHAA comme un bébé et que les pleurs n'arrêtent pas quand ils commencent. Alice. She's ten years old. Elle aime le salé plus que le sucré, comme moi. Quand on est entrés ensemble dans le restaurant, you know, elle a mis comme ça sans que je demande rien sa petite main froide dans ma main à moi, et j'ai pensé mourir comme un malade du cœur, bang, par terre. Elle a mangé des French fries, un hot dog avec seulement la saucisse pas de pain, et un grilled cheese avec double cheese dessus. Moi, rien, my friend, no appetite at all, je regardais pendant qu'elle mangeait et j'écoutais sa petite voix qui parlait juste à moi, oh what music, what terrific music. Elle disait ça avec sa petite voix sérieuse : Alice je m'appelle, je suis en sixième année, toi tu restes où, monsieur, est-ce que c'est mou dans ton ventre, montre voir, et elle a poussé son doigt dans mon ventre pour rire, mais pas méchant, Maximilian, son petit doigt pour plaisanter s'est enfoncé dans mon gros ventre, et elle a dit c'est comme le petit bonhomme Pillsbury à la tévé, pareil pareil, et elle riait, moi aussi je riais. Je sais plus comment c'est arrivé, il y a un nuage dans ma tête, Maximilian, j'étais là sur le trottoir comme tous les jours et quand elle est sortie de son collège et elle est passée devant moi, je lui ai dit Hello comme je fais tous les jours, c'est elle qui s'est arrêtée et elle m'a demandé : m'emmènerais-tu au restaurant, toi, monsieur ? Je sais pas comment on peut être plus heureux, Maximilian, on le peut pas c'est certain parce qu'on crèverait, il y aurait pas assez d'air autour pour respirer, plus heureux que moi.

Le pantalon hésite à glisser vers le sol, tel un skieur intimidé par l'abrupt de la dénivellation, puis il dévale les montagnes, *down hill* jusqu'au bout, jusqu'aux pieds nus. Julius Einhorne prend machinalement appui sur le sofa pour s'en dépêtrer tout à fait. Il ne lui reste maintenant que la blancheur scrupuleuse de son caleçon pour se protéger. Il redevient inquiet, il pose ses mains sur son ventre, il se voit soudain au milieu de ce lieu bardé de fenêtres comme en une arène où les yeux peuvent vous déchiqueter. Il interroge un instant le regard que j'ai soudé sur lui, mais ne rencontre qu'un instrument effilé de professionnel.

— I don't know if I like it. Yes. Yes, I like it. Quand je me regarde dans un miroir complètement seul et naked as a baby, je suis comme maintenant, je me sens la honte et la fierté en même temps, je suis, je suis MOI, un show rare, avec jamais de spectateurs... Je vais enlever ça, maintenant. J'enlève. Don't hurt me, with your eyes. I'm so afraid to be hurt. I've never been hurt, I mean really hurt, you know, love affair or punches, maybe I should be, just to feel the way it is, just to feel something. Dans ma maison quand j'étais un petit garçon, il y avait quatre autres petits garçons, deux plus vieux, deux plus jeunes, moi exactement dans le milieu. My mother had a ... a temper, let's say, elle donnait des coups toujours, pour rien, parce qu'on faisait des bruits, parce qu'on cassait des choses, parce qu'il pleuvait trop, anything. But, the funny thing, you know, Maximilian, real funny, she never touched me, never. Tous mes frères, claque par-ci, claque par-là, et moi, dans le milieu, même quand je cassais la vaisselle, quand je rentrais tard, jamais la main sur moi, elle frappait à ma place

147

Thomas plus jeune, ou Sidney plus vieux, strange thing, my friend. Et quand elle a été malade, sur son lit en train de mourir, I was fifteen years old, je suis allé tout seul lui parler, Maximilian, je lui ai demandé, « gimme a slap, please, Mother, gimme a bloody slap at least once in your fucking life » et j'avais les larmes dans la face, comme maintenant, see, no kidding at all, et elle, elle m'a regardé et elle a dit, « what's wrong with you, *Thomas* ?... »

Je lui dis de se tourner, de se pencher, d'écarter les jambes, de les tenir fermées, d'arrondir les bras, de les laisser ballants. Il fait tout ce que je dis. Tant de blancheur en même temps éblouit et trouble profondément. Ce corps a la beauté d'un paysage polaire, lissé par les éléments, bordé de limites étonnamment lointaines. Les fesses et le ventre cascadent sur les jambes comme un plastron de grand couturier, en un tissu inédit dont on aurait envie de vérifier le moelleux de la main. Si peu de poils. On n'aperçoit du sexe que les bourses qui dépassent à peine, grosse fleur flétrie et décorative.

— Maintenant, je vais dire une chose monstrueuse. Je la dis. Je voudrais... je voudrais... don't listen, please... Je voudrais que la petite... me voie... comme ça. Naked, completely. Pas pour le sexe, jamais, I swear !... Juste pour la confiance, juste pour la vérité. Qu'elle voie la vérité de moi complète que personne voit jamais, qu'elle voie et qu'elle rie peut-être, pas un rire méchant, juste un rire qui dit, « funny, you're not disgusting, you're not ugly, you're funny... »

Toutes ces lignes rondes, qui ne heurtent rien, qui retiennent avec infiniment de douceur, toutes ces courbes pacifiques, je les couche en bleu sur le papier pour mieux faire briller la neige de la peau, je les multiplie sur une dizaine d'esquisses pendant que le charme opère, pendant que le modèle livre au peintre ce que son corps a à dire et que le peintre sait encore lire. Et à la fin, après quelques heures de pose et de lecture épuisantes, c'est là, tout est là sur le papier, l'on voit bien que le corps de Julius Einhorne est l'ouvrage incroyable d'un artiste inconnu, un contenant si luxuriant qu'il ne peut renfermer que des choses précieuses, un écrin à trésors, l'on sait qu'en pratiquant une incision n'importe où sur ce ventre blanc il en sortirait des opales, des lapis-lazuli, des roses noires, des fleurs d'oranger, des aurores boréales, des oiseaux qui sifflent à la fois en yiddish et en arabe.

— Je sais que tu étais chez vous. Pourquoi t'as pas pris mon appel, salaud ?

— Je travaillais avec quelqu'un.

— Une femme ?

— Non.

— Quand des femmes posent pour toi, est-ce qu'elles se déshabillent ?

— Pas toujours.

— Quand elles se déshabillent, est-ce que tu couches avec elles ? Je veux dire après la pose ? ou avant ? Ou peut-être même pendant, le pinceau dans une main...

— ...

— C'est pas de mes sales affaires, de quoi je me mêle, et ma sœur, de quel droit, et cætera.

— Pourquoi ça t'intéresse ?

— Pourquoi. Attends. Il faut que je trouve une raison valable. Rationnelle.

— Laisse tomber.

— Mais j'en ai, des raisons, plein !... Ça m'intéresse à cause de de de la vérité de la création, bon,
qu'est-ce que tu penses de ça, comme raison ?... J'écris
cette histoire, tu sais bien, avec elle et lui...

— Les deux morons au téléphone.

— ... et lui, il te ressemble, il faut bien qu'il
ressemble à quelqu'un, il faut bien nourrir ses personnages d'un peu de vérité, Djisus ! Je veux tout
savoir de lui, pourquoi il baise, et comment, et s'il est
abattu après, s'il a le postcoïtus tristus, et s'il a des
nostalgies, des fantasmes d'avant, pendant qu'il...
qu'il... Max.

— ...

— La vérité, c'est que je suis jalouse.

— ...

— Je sais que c'est interdit de parler d'avant, s'il
te plaît, ne me raccroche pas au nez, s'il te plaît.
Pourquoi je ne pourrais pas, moi aussi, aller poser pour
toi ?...

— Non.

— Je suis... je suis bien conservée, je te jure.

— Non.

— T'aimais mon corps, avant.

— Je t'en prie.

— Je m'ennuie, je m'ennuie tellement, tellement, de toi, Long Man, de moi, de l'horizon qui était
loin et qui est maintenant plaqué noir partout où je
regarde, comment il se fait que j'ai abouti dans un
tunnel alors que j'étais libre dans une plaine, pourquoi
les gens autour vivent avec des cagoules sur la tête et
me tendent des statistiques et des feuilles d'imprimante comme si c'étaient des bouquets de fleurs, où
sont passés les fous de ma planète ?

Je l'entends qui sanglote à l'autre bout du fil, c'est-à-dire infiniment près de moi, si collée à mes intérieurs qu'elle remue tout là-dedans, elle saccage les allées bien entretenues, elle réveille les eaux qui dormaient d'un œil, elle circule partout dans les sens interdits.

— Arrête. Lady.

— Elle... Elle appelle au secours.

— Pourquoi moi ?

— Parce que toi et elle. Parce que c'est toi. Elle est seule.

— Elle a pas un ami, des maris, quelqu'un sur qui s'épancher, je sais pas, un poisson rouge ?...

— Elle a rien, rien. Elle a du vent. Elle a juste sa voix à lui au téléphone qui la retient à la vie.

— C'est impossible. Personne n'est aussi démuni que ça.

— Oui. Elle.

— Surtout pas elle.

— Tu la connais mal.

Très bien, Lady. Nous allons les ouvrir, les placards à fantômes, et te sauteront dans les bras des pestilences trop longtemps confinées dans l'obscurité et des poupées affreuses aux yeux arrachés que tu pourras câliner à ton aise.

— Je la connais, justement. Rien qu'à entendre sa voix au téléphone, on peut deviner qu'il s'agit de quelqu'un de choyé, de pourri, d'aimé par plein de gens...

— Oui, avant... Avant, c'était comme ça...

— ... quelqu'un qui jette ses trésors par les fenêtres et qui après se plaint d'être pauvre, quelqu'un qui frappe ses amis dans le dos et qui se sauve en laissant le sang couler... Une criminelle du hit-and-run.

— Oui. Tu peux voir les choses de cette façon. De cette petite façon.

— Qu'est-il arrivé à l'Américain en forme d'endive ?

— Jerry.

— Tu l'as laissé tomber, lui aussi ?

— Je ne l'ai pas laissé tomber, puisque je n'y ai jamais tenu.

— C'est parce que tu n'y tenais pas que tu es partie avec lui ?

— ...

— Tu es partie avec lui.

— Je suis partie. Point.

— ...

— Il s'adonnait à passer. Il était comme un autobus, juste un autobus dans lequel on saute, pour s'échapper.

— Charmant. J'aime l'image. Et ceux derrière, ceux auxquels tu échappais, ils étaient quoi ?... Des bécanes à trois roues... ? Des patins à roulettes usagés ?...

— ...

— ...

— C'était un rêve. J'ai toujours eu le sommeil plus léger que vous deux, alors je me suis réveillée la première.

— ...

— Trois. C'est un chiffre maudit, c'est comme être seul. Trois, c'est merveilleux lorsqu'on est très jeune et qu'on croit à des choses incroyables. Je n'ai pas été très jeune assez longtemps. La dégringolade s'en venait, pourquoi il y avait juste moi qui la voyais arriver ? Pourquoi il y a juste moi qui suis incapable de supporter que ça dégringole, que ça devienne moins,

moins tout ? C'était si beau, Long Man. T'as pas le droit de m'en vouloir. Je suis partie dans le plus beau, je vous ai laissés rêver pendant que moi, je me réveillais, ah c'était si difficile de se réveiller.

— Jamais un mot, par la suite, une lettre pour expliquer, un coup de téléphone pour... pour savoir si on survivait, christ !... Rien... Hit-and-run.

— Je suis revenue. Qu'est-ce que ça fait, vingt jours, vingt ans, puisque je suis là ?... Je suis là.

— Mais moi, je ne suis plus là. Je suis en morceaux, Lady.

— Moi aussi, je suis en morceaux, qu'est-ce que tu crois ?... La vie est un couteau à viande, elle ne fait pas de quartier, ou plutôt si, elle en fait, plein...

— Pour toi, c'est une image...

— C'est pour ça qu'elle appelle. Parce qu'elle sait qu'il est comme elle, blessé et sanguinolent. Ils ont tant en commun, ils ont tout. Il est temps qu'ils soient deux, de nouveau.

— On n'a jamais été deux.

— Je sais. On était un de trop.

— Lady.

— Ils sont deux. C'est là qu'ils sont rendus. Quand ils se parlent, maintenant, ils savent qu'ils sont seuls ensemble. Les autres, les personnages de leurs histoires passées, s'en vont, comme dans un film, on les voit à la queue leu leu disparaître dans le brouillard. Ils restent seuls ensemble. Et quand ils parviennent à ça, à se sentir deux, ça s'en vient, ça ne peut pas faire autrement, c'est écrit dans toute l'histoire du monde... Ça gonfle lentement, ça s'en vient... c'est là...

— ...

— Le désir, Max... Le désir. C'est si fort, une lame de fond, c'est tellement bon, une tension de vie, ultime, c'est le meilleur quand ils sont comme ça à l'orée, soulevés par la faim l'un de l'autre, c'est le meilleur quand tout est à venir et que rien ne viendra... Même quand ils parlent comme ça, de choses et d'autres, elle surtout, c'est là, dans sa voix à elle, dans son silence à lui. Ouvre le rideau. Ouvre-le, Max... C'est leurs corps qui parlent, la nuit est toute nue autour d'eux, ils sont deux corps, et ça brûle, ça brûle...

J'ouvre le rideau. Elle est nue, debout contre la fenêtre. Elle tient encore le récepteur d'une main molle qui pend au-dessus de sa tête, et le récepteur gire avec sa main, lentement. Son autre main voyage, sur elle.

Elle a son corps à elle, que dire de plus, son corps vert de garçonne sexy, la taille s'est un peu froissée peut-être et les seins sont plus bas que dans mon souvenir, mais son sexe est épilé comme le fruit irrésistible d'avant, terriblement nu et irrésistible, et sa main va et vient là comme ferait la mienne, avec la paresse qu'il faut, ses seins sont pointés vers le plaisir et sa main ne les oublie pas dans le trajet lent, lent, qui la fait monter, descendre, partout où la peau appelle. Elle me regarde en se caressant. Comme elle me regarde.

Je reste là jusqu'au bout, j'entends le petit râle heureux qui s'échappe finalement de ses lèvres. C'est elle qui disparaît, sans me reparler, en laissant le récepteur décroché sur sa table.

Je reste là, le désir comme un trou au milieu du corps. Il neige toujours, de plus en plus dru.

Ça ne meurt pas, même quand tout le reste est mort. Ça palpite, chevillé dans la tête, sur le point d'exploser et n'explosant jamais. Le sexe, privé de ses appendices terminaux, devient un réservoir de sensations fortes désespérément excitable. Mes zones érogènes, maintenant, sont éparpillées en haut de la ceinture, une main dans mon cou peut me faire chavirer, le vent dans l'ouverture de ma chemise, n'importe quoi qui glisse sur la peau, là où les nerfs sont vivants. Je ne savais pas à quel point le sexe fait partie de l'âme. Le sexe est la danse de l'âme qui refuse de dormir. Le sexe est insomniaque.

Elle a été la dernière avec qui j'ai pu exploser. La dernière. Je me souviens de la soie en dedans d'elle, je me souviens de la violence de l'explosion, comment oublier cette dissolution finale dans le corps de Lady, cette seconde d'il y a dix-huit ans pendant laquelle nous sommes morts et ressuscités ensemble ?... Maintenant, il n'y a plus de but commun accessible, maintenant le désir est condamné à rester sur sa faim, fiché comme un trou au milieu de mon corps.

Il y a eu Pauline, et il y a eu une petite rousse qui s'appelait Carmen, et il y a eu Luisa qui criait « s'il vous plaît, s'il vous plaît » en jouissant, il y a eu Margaret qui était noire et lustrée comme un piano de concert, il y en a eu plusieurs, après le Big Bang. Toutes alanguies entre mes mains et sous ma bouche, aimant toutes être aimées de cette façon paresseuse, toutes effrayées par les objets contondants. Le problème, depuis, n'a jamais été d'attirer les femmes à mon niveau rassurant. Le problème est toujours d'attirer les femmes qui ne sont pas mues par la frayeur.

J'entends le pas de Maggie qui laboure le corridor avec sa précipitation coutumière ; lorsque je la vois, elle a déjà franchi le seuil, elle scintille au cœur de la pièce parmi tous les objets brusquement frappés d'insignifiance.

— C'est moi !

Elle enlève ses vêtements, elle les arrache rageusement plutôt, et ils s'abîment autour d'elle comme des enveloppes déchues de chrysalide.

— Peins-moi, Max. Je veux dire au complet, dans mes parties les plus secrètes, est-ce que je ne mérite pas pour une fois d'être étalée en entier sur ta toile au lieu de n'être qu'une maudite tête blonde ?... Je ne suis pas une tête, je suis tout sauf une tête, je suis des cuisses et des fesses et des seins, regarde donc, plus parfaits que dans les magazines de cul, je suis de la peau et des fesses et des seins et de la vraie beauté comme un paysage, peins-moi donc, si c'est vrai que je suis belle !...

Ce n'est pas son heure de pose, ce n'est pas sa voix habituelle, ni sa façon soyeuse de faire les choses. Elle ne s'assoit pas, incapable de ne pas bouger. Je vais chercher les couleurs et le papier mais le cœur n'y est pas, le cœur n'est nulle part dans cet espace très physique qui est soudain entre nous. Je m'installe en face d'elle. Elle se cambre, elle fait le mannequin cochon, elle emprunte toutes sortes de poses énamourées qui me feraient rire si je ne la connaissais pas si bien.

— Comme ça. Ou plutôt comme ça, parce qu'on voit presque tout sans tout à fait le voir, c'est le PRESQUE, tu comprends, qui est si excitant. Pour eux. Quand je tourne des séquences où on me voit des morceaux de peau, ils sont toujours nombreux sur le plateau à s'adonner à être là par hasard, le producteur, ses associés, le distributeur, l'équipe technique au complet, même ceux qui sont en break... Tu comprends, il y a toujours des séquences où il faut ABSOLUMENT qu'un bout de mes seins sorte de ma robe, ou que je dorme couchée toute nue sur les draps moi frileuse à mort qui porte des pyjamas de flanellette, ou que je prenne une douche avec un rideau déchiré à deux trois endroits ou en plastique transparent, c'est essentiel pour l'art et pour la vérité de l'émotion, le bout de mes seins dans ma robe ou mes fesses à travers le rideau transparent, c'est indispensable pour la signification ontologique humaine du personnage, beaucoup plus indispensable que les testicules de l'acteur qui joue avec moi, pauvre lui. Je suis riche, Max. L'argent tombe de partout, j'ai juste à sourire comme ça pour toutes sortes de réalisateurs et de producteurs et de photographes et d'inventeurs de parfums, et à me pencher pour qu'un bout de mes seins sorte de ma robe, et ça tombe, ça tombe, personne ne m'avait jamais dit que l'argent poussait si vite au-dessous du soleil des projecteurs, dans les studios tropicaux où il fait chaud et froid. Ensuite, je regarde les rushes après le tournage, et je vois cette fille sur la pellicule qui est tellement belle, et je me dis qu'elle doit être si heureuse d'être belle comme ça, que le malheur et la merde et les larmes sont sûrement trop intimidés pour s'approcher d'elle, et je l'envie et je la hais, cette fille qui est tellement belle et qui fait semblant qu'elle est moi. Toute la journée, je reçois plein de sourires, des invitations, des compliments et des billets cochons, de la part des hommes évidemment, parce que les femmes, c'est tellement difficile, les femmes se transforment en icebergs quand je les rencontre même pour le travail, rien qu'en me voyant les femmes perdent toutes leur parfum et leur douceur dont j'aurais tellement besoin... Alors, les journées se passent de cette façon, d'un côté, il y a la glace des femmes, et de l'autre, la chaleur torride des hommes, et moi je marche toute seule en frissonnant entre les deux, brûlée et gelée à la fois, et je sais dans le fond que tout cela n'est pas pour moi, la drague comme la haine, tout cela s'adresse à elle, la belle fille, celle qui est tellement heureuse et qui n'existe pas.

Je ne dessine pas, je ne peins rien, surtout pas son corps parfait qui vit trop fort en ce moment pour s'immobiliser sur une toile. Je lui dis de se rhabiller. Je lui dis que l'heure est dangereuse et que je préfère la passer en tête-à-tête avec moi-même. Elle ne bouge pas. Je lui ordonne de se rhabiller et de déguerpir.

— Non. Vous êtes pareils, tous les deux, tu veux me chasser comme lui ?... NON !... Je ne partirai pas, ni d'ici, ni de chez lui, même s'il est méchant, même s'il fait exprès de travailler la nuit dans son atelier tandis que je me meurs à l'attendre et à avoir envie de le toucher... Lorsqu'il rentre le matin, il me ferait peur si je ne l'aimais pas tant, il a des yeux de damné et il pue le sang et la charogne, il travaille avec des animaux morts à faire je ne sais quoi d'horrible, je ne comprends pas ce qu'il fait ni pourquoi et ça ne me dérangerait pas de ne pas comprendre s'il m'aimait mieux, oh s'il m'aimait... C'est lui qui m'a dit de retourner travailler pour les producteurs d'images et de me servir de ce que j'ai, c'est lui je te jure, et maintenant pas un jour ne se passe sans qu'il me demande si j'ai couché avec quelqu'un, avec qui et combien de fois... Oh, Max, moi qui ne peux fondre que pour lui, moi qui suis en pierre dure et en sable et qui n'ai pas de corps excepté quand il me touche... Il fait exprès de ne pas me toucher pour m'enlever mon corps, je n'ai plus de corps, depuis des jours, plus de corps, je flotte dans des limbes effrayants, je me disperse, je ne sais pas combien de temps je peux survivre comme ça sans son corps à lui pour m'empêcher de me répandre dans le vide...

La suite se passe alors si aisément. Je suis à côté d'elle, mon bras est fort et l'attire contre mes genoux, j'ai en moi la force et la violence inexprimable de Mortimer et bientôt j'ai sa peau soyeuse à elle contre la mienne morte et je l'écartèle, je la parcours, je la mords et je l'investis partout où elle n'a plus de corps. Elle dit : non, Max, non, elle geint et elle écarte les cuisses d'elle-même, je suis dur et ferme, implacable comme Mortimer, et je la creuse et la bois jusqu'à déterrer ses rivières souterraines et elle dit : oui, ici, là, et elle se tord et elle s'offre puis elle tremble et elle crie et à la fin elle pleure, effondrée sur mes genoux insensibles dans l'éclat de la neige dehors infiniment plus falot que sa peau, elle pleure.

PORTRAIT
DE MÉDECIN MALGRÉ LUI

Je lui dis tout, même s'il est exténué, même s'il semble incapable d'entendre. Il faut tout lui dire, et s'attarder sur les détails qui se terminent par des hameçons déchiquetants, c'est dans l'ordre des choses que je ranime ses blessures lorsqu'elles seraient tentées de se refermer. Je lui parle de l'envers velouté de Maggie, je lui dis que je connais maintenant les endroits fabuleux où sa chair devient liquide, je lui parle de plaisir, surtout, de son plaisir à elle.

Il pâlit, si cela est encore possible. La veine de sa tempe se gonfle d'un coup, démesurément bleue au milieu de tout ce blême. Il reste silencieux une éternité, le regard déserté comme un navire qui coule.

— Bien sûr, finit-il par laisser choir. Je n'ai pas pensé à te l'offrir avant, bien sûr, j'aurais dû.

Intrépide Mortimer, qui marche sur les débris de son propre cœur en s'excusant de laisser des traces rouges derrière lui, fou de Mortimer. Je ne peux m'empêcher de rire, de nous, de son courage effondré, et il lève aussitôt sur moi des yeux remplis d'espoir.

— Ce n'est pas vrai ? Tu me fais marcher ?

Je lui dis que je le fais aussi peu marcher qu'il parvient à me faire marcher moi-même, qu'il y a bel et bien eu entre Maggie et moi cet incident intensément épidermique. Il dit : christ, entre ses dents, il frappe très violemment sur la table devant lui, et les pinceaux tressaillent dans leur placenta nettoyant. Je lui dis surtout que Maggie n'y est pour rien, qu'elle est d'une fidélité exemplaire que je lui ordonne de récompenser, je lui dis que s'il n'en tenait qu'à moi, je la convaincrais de l'abandonner à son enfer douloureux et de regarder un peu les autres hommes. Oui, peut-être, après tout, devrais-je exiger de lui qu'il l'encourage à regarder les autres hommes. Il me dévisage, presque étonné devant ce raffinement cruel qui a le ciselé d'un bijou de qualité.

— Tu es dans une forme resplendissante, ricane-t-il.

Nous nous taisons, comme cela nous arrive si souvent ensemble. Je roule jusqu'à mon atelier et je travaille comme s'il n'y était pas, moins bien que s'il n'y était pas à cause de la lecture qu'il fait de chacun de mes coups de pinceau. Mortimer est un lecteur redoutable : il connaît d'avance la destination de chaque toile, il voit les images dans leur perfection inaccessible avant même qu'elles ne prennent forme. C'est une condamnation sans appel que de disposer, comme lui, d'un œil visionnaire, une condamnation à la déception.

Mais pour l'heure, je ne sens sur ma nuque que le parcours de son œil tourmenté. Je ne me retourne pas, terriblement concentré sur des semblants d'inspiration, tandis qu'il agonise. Il ne supporte plus le silence, au bout d'un moment.

— Qu'est-ce que tu veux ? dit-il. Tu veux que je... qu'elle... tu veux qu'on... se la partage ?...

Je laisse planer une pause méditative pendant laquelle il a le temps de se décomposer et de renaître à la vie plusieurs fois. Je lui dis froidement que l'offre demande réflexion, et que l'opinion de Maggie pourrait bien sûr contrarier la chose, le fait étant qu'elle présente tous les symptômes d'une incurable monogamie : mais qui se soucie, après tout, des symptômes et des molles passions de Maggie, hein, Mortimer, pas toi, sûrement, autodéterminé et fonceur et dévoré par l'érection virile du grand œuvre de ta vie comme tu l'es, sûrement pas toi, Mortimer ?...

Il fait pivoter ma chaise d'une seule main et il m'empoigne par les pans de ma chemise et malgré moi je me trouve bientôt à hauteur humaine entre ciel et terre comme dans le bon vieux temps des muscles conducteurs et des vertèbres en pleine santé. Il me secoue avec une violence de tempête ou de crime jusqu'à ce que mes parois internes s'entrechoquent, il dit : ta gueule au moins, christ, ta gueule, et il éprouve je sais en ce moment une irrépressible envie de me tuer et il a raison, bien sûr, comment ne pas lui donner raison ? Mais cette fois non plus il ne me tue pas, il me repose soudain très très doucement sur Fidèle Rossinante et il va s'accroupir plus loin, la tête dans les mains.

Bien entendu que c'est trop, Mortimer, tout est trop depuis le début, comment s'interrompre, où tirer une ligne ?... Peut-être tout de suite, oui, il suffirait que tu te remettes à grimper les falaises en cessant de regarder derrière où le vertige fait irrémédiablement chuter, il suffirait que tu ne remettes plus les pieds ici, maintenant que l'occasion luit somptueuse à portée

163

de cœur, Mortimer, il suffirait simplement que tu acceptes de vivre et de l'aimer, elle qui t'aime comme une desperado...

Il hoche cyniquement la tête en m'écoutant, tel un sage considérant les simplets de ce monde, et qui n'en revient pas.

— Travaille, grommelle-t-il. Travaille donc, au lieu de dire des bêtises.

Il se relève. Il me tourne le dos. Il se met à scruter avec impatience le contenu de l'atelier. Il inspecte tout, les esquisses de chacun de mes modèles, les huiles et les encres, il les aligne contre le mur. D'ici, le peloton de corps en pièces détachées ressemble à celui d'un champ de bataille, où des humains éclatés ne parleraient plus que par monosyllabes.

— Elle reçoit des lettres, encore, de cet habitant avec qui elle s'est mariée, Gaétan machin chose. Il se meurt d'amour, le pauvre cave, et il est même pas capable de l'écrire sans fautes d'orthographe. L'autre aussi, son Martin Rintintin, il n'arrêtait pas de téléphoner, il est même venu à l'appartement, il a fallu que je lui casse la gueule pour qu'il comprenne que c'était fini. Elle me dit tout, elle me montre les lettres, elle me jure qu'elle ne veut rien savoir de personne, et c'est vrai, christ, le pire c'est que bien sûr que c'est vrai. Partout où elle se promène avec sa beauté écœurante, ils salivent, ils sont tous là à saliver et à vouloir se la faire tandis qu'elle flotte comme une aveugle au-dessus de la mêlée, elle ne voit que moi dans son délire d'aveugle... Ça m'exaspère, qu'est-ce que je peux faire avec elle, qu'est-ce que tu fais avec une carte postale, avec un papillon rare, une fois que tu les as regardés et épinglés ? Rien. Je n'ai rien à lui donner, sauf une jalousie de damné. Je ne suis pas bien en compagnie de la beauté. Quelqu'un d'aussi beau doit pouvoir se suffire à lui-même. Mais c'est assez. Parlons de choses importantes, parlons de travail. C'est celles-là, tes dernières esquisses ? Ouais. Je vois. Quand penses-tu y arriver ?

Il est debout devant la fenêtre, celle qui compte, et même si la hyène grimaçante fait le guet et nous assure une opacité sans faille, je prends peur parce que l'odeur de Lady dort derrière, parce qu'il voit tout, même ce qui n'existe pas tout à fait. Je lui dis de s'écarter, la proximité de ses ondes maléfiques me perturbe. Pour inventer un prétexte à l'inquiétude dans ma voix, je lui demande pourquoi il a du sang sous les ongles. Il esquisse un sourire sinistre.

— J'ai scalpé deux petites vieilles, ce matin. C'est fou comme ça saigne, les vieilles carnes. J'ai beau me laver les mains, ça ne part pas. Ça fait genre, tu trouves pas ? Moins cliché que le vernis à ongles. Pour une fois j'ai le sentiment de me ressembler jusqu'au bout des doigts. Non. La vérité est plus drabe. Je travaille, tu vois, je viens de m'atteler à l'installation de mes rêves, ou de mes cauchemars, c'est pareil. Des sculptures, oui, plein de sculptures faites en steaks. Ha ha. Oui, des steaks de bœuf, des centaines de morceaux de steaks que je couds ensemble avec du nerf, mon boucher m'adore. Du spencer, parce que le T-Bone, ça se travaille mal, y a un os, comme on dirait. Parle-moi de ça, du matériau qui bouge, qui change de couleur, sans que j'y sois pour rien. Du matériau autonome. Moi qui déteste la durée, moi qui chie sur l'avenir de l'homme, j'ai trouvé enfin la quintessence du périssable. Tu ne me félicites pas ?

Un instant, cela devient palpable et contagieux, les abîmes de Mortimer me font couler à pic là où tout est désespérant et inutile. Je le regarde, ravagé par ce qui le ravage, et le pinceau me semble soudain un faix insupportable, la couleur un masque hypocrite qui recouvre mal le terne uniforme du monde. Il s'en aperçoit, il me décoche une bourrade dans les épaules.

— Travaille, christ. Toi et moi, c'est deux. Toi, tu doutes pas, t'as pas le droit de douter. Travaille, t'es loin encore, loin de ton but, au moins t'en as un, profites-en. Si j'étais assez pur et innocent et imbécile pour triper sur les êtres humains comme tu le fais, je travaillerais vingt heures par jour au lieu de perdre les nuits à dormir comme toi.

La déflagration du téléphone. Je ne bouge pas, lui non plus, alors la voix de Lady vient couler tiède et rauque, reconnaissable entre toutes, sur le répondeur.

Elle dit : « Ce n'est pas mon heure, je sais. C'est l'heure du travail avec les femmes nues. Je te rappelle. J'avais juste envie de te dire : allô, je suis là. Allô, je suis là. »

Elle raccroche. Ce n'est pas tant ce qu'elle a dit que la manière, un attouchement égaré et furtif, une promesse de perte de contrôle qui la compromet, complètement. Je regarde Mortimer. Mortimer regarde mon travail, impassible comme un autiste grave.

Il me demande si la Baleine, il faut entendre Julius Einhorne, m'a acheté des toiles récemment, et s'il me paie honorablement, au moins, le gros christ. Il me demande, et sa voix devient précautionneuse et molletonnée, si j'ai changé d'avis au sujet d'une exposition, parce que bien sûr, plus tard lorsque j'aurai fini de balbutier et que ça paraîtra que je travaille, plus tard ce serait une affaire de rien à organiser.

J'ai toujours craint les expositions, surtout les miennes. L'exposition expose, bien entendu, toutes les parties intimes que l'on s'était habitué à tripatouiller dans l'ombre, mais elle est aussi une manière nette de mettre un terme à quelque chose, de dégager un bloc d'existence pour le propulser à distance, là où il deviendra inoffensif. L'exposition fait perdre des morceaux : comment savoir si d'autres, neufs, pourront les remplacer, que je ne resterai pas une fois de plus criblé de trous béants, doublement amputé ?...

Je comprends soudain, le ronronnement cautérisant de Lady dans mes oreilles, je comprends que l'exposition serait surtout une manière d'armistice, peut-être l'unique voie pour convaincre Mortimer qu'il est libre.

Cette fois, je ne lui oppose pas une fin abrupte de non-recevoir. Cette fois, je lui dis oui. Je lui dis que des images claires restent à émerger de ce magma en formation et que sitôt la grossesse achevée, si le nourrisson est présentable, on pensera à exposer, à fêter, à draguer les sémillantes veuves Clicquot, à taquiner le saumon fumé et marcher sur des œufs d'esturgeon, tant qu'à y être.

Il ne laisse rien paraître, aucune lueur, aucun sourire ; mais ses épaules se redressent d'un cran et la veine de sa tempe disparaît en eaux profondes.

— Au fait, c'est vrai, y a le docteur Welby qui attend dans le corridor. Que tu le reçoives en audience, une fois que j'aurai daigné décrisser. Je me suis dit que ça lui ferait du bien d'attendre, que ça le mettrait dans la peau de ses victimes, depuis le temps qu'il les laisse poireauter dans son antichambre.

Ce docteur Welby-ci s'appelle Pérusse. La première fois que nous nous sommes rencontrés, il avait une zébrure jaune dans la barbe, débris d'œuf à la coque ou chyle de moribond coagulé allez donc savoir, et il se tenait à des années-lumière au-dessus de mon lit. Je me souviens de la trajectoire de sa voix affable, quittant le pinacle embroussaillé des hauteurs pour venir lover dans mon oreille cette phrase coquine, souriante, la première perceptible à mon cerveau engourdi : « Vous ne marcherez plus jamais, jeune homme. »

Ce sont là souvenirs impérissables.

Quelques siècles plus tard, ou quelques semaines plus vraisemblablement, alors que je refusais d'ingurgiter quoi que ce soit, déterminé à me laisser mourir par déshydratation, c'est ce même bon docteur qui, tout en feignant de m'approuver, m'avait placé négligemment à côté de robinets grands ouverts et avait fait suspendre près de ma tête des jus d'orange et d'ananas, nappés d'une vapeur glacée comme dans les meilleures publicités des étés caniculaires. De temps à autre, comble du perfectionnisme, une goutte de condensation venait chuter sur mon visage : je n'avais pas toujours le courage de me détourner à temps.

J'ai haï cet homme avec une force dont je ne me savais plus capable.

C'était bien sûr le but de ses minables machinations, se faire haïr de moi, canaliser ma haine généralisée vers un individu palpable donc destructible, donner un corps au désespoir, solidifier mes humeurs malignes afin qu'elles cessent de s'épandre dangereusement autour.

Minable.

Mais efficace.

Il entre, le poil clairsemé et jaunasse, raviné à faire peur, son petit œil de batracien effarouché par la lumière qui trône ici.

— Est-ce Dieu possible, Maximilien, j'ai cru voir, entrevoir plutôt une femme au bout de ce corridor, enfin pas exactement au bout, plutôt à l'endroit où un autre appartement semble avoir son embouchure sur le corridor, une femme qui se serait enfuie en m'apercevant, ou peut-être avait-elle une course urgente à faire, une viande sur le feu, mais le plus étrange est qu'elle ressemblait étonnamment à ta mère, est-ce possible ?...

Tout est possible, docte Pérusse, les hallucinations sont gratuites et à la portée démocratique de tout le monde.

Nous nous donnons une brève accolade. Il sent l'alcool et le vieil homme.

Il demande, en m'assenant un coup de pied dans les tibias, comment se porte la carcasse. Je dis que ça roule. Ça le fait rire, je ris aussi, sans effort aucun. Chaque fois que je le vois, le docteur Pérusse fait lever en moi une ivresse de ressuscité.

Vous finirez vos jours en établissement, jeune homme. Vous vivrez avec une sonde et un anus artificiel. Vous ne récupérerez pas l'usage de vos mains. Vous avez raison de vouloir mourir. Vous n'avez rien sous l'épiderme. Jeune homme.

Il laissait tomber quotidiennement sur mon lit de damné ses constatations apocalyptiques avec le sourire tuable de celui qui sait, et ma haine pour lui devenait une tumeur compacte, un nœud de serpents, un bourgeonnement atroce de migraines et de désespoirs, et un désir finalement, peu à peu, un embryon de désir grelottant. Poignarder toutes les allégations de ce vieux sacrement, les réfuter une à une, tiens, salopard, tes établissements, vois comme je m'en échappe, tes anus et tes sondes, regarde où je te les mets, mes mains, constate combien je les récupère, et l'autonomie de mes viscères, et une connaissance de mes intérieurs comme tu n'en auras jamais, tas de merde rassis, et l'envie de vivre, ah ah, l'envie de vivre aussi, tant qu'à faire, charlatan de vieux schnoque.

J'ai suffisamment haï cet homme pour oublier, le temps d'être sauvé, ce qui était réellement haïssable.

Il va tout droit aux questions essentielles. Ai-je quelque chose à boire ?... Et quand nous nous trouvons enfin le verre de tequila à la main et la bouteille à nos pieds en bon chien affectueux : ai-je peur de vieillir ?... Un clignotement s'est allumé dans ses petits yeux juvéniles, il aime par-dessus tout lancer des colles et guetter les réponses toutes croches, en gloussant de plaisir anticipé. Moi, docte Pérusse, peur de vieillir ?... Allons donc. Je ne peux quand même pas me retrouver en chaise roulante, ni devenir impuissant !...

Il la trouve bonne, comme il trouve bonne la tequila, mais un peu moins la vie me semble-t-il, à la vitesse où il tente de l'engloutir sous les flots. Il dit qu'il est content de ne plus pratiquer et que c'est en ne pratiquant plus qu'il a découvert qu'il n'aurait jamais dû pratiquer. Il dit que travailler dans la maladie rend malade ou bien saint, qu'il a évité la sainteté à cause des auréoles qui puent, beurk, toutes faites en synthétique maintenant. Il dit que la mémoire commence à lui faire défaut, mais c'est un moindre mal, maintenant que les machines ont des mémoires, pourquoi l'homme s'encombrerait-il de la sienne ? Il dit qu'il aurait pu être président ou premier ministre, il y songe d'ailleurs, ne lui reste qu'à dénicher le pays digne de recevoir son expérience et ses économies. Il dit que le Québec le fait vomir, c'est là où il voulait en venir, des contrées tiers-mondistes aux noms imprononçables et peuplées d'analphabètes sont en train de devenir indépendantes tandis que nous, ah nous. Il crache par terre, c'est la fin de la diatribe. Il s'excuse.

Le docteur Pérusse est vieux et seul, et depuis qu'il ne pratique plus, personne ne sait à quel point il n'est pas inutile.

Il vient me voir une fois l'an. Je fais partie de son parcours de routine, de ses visites de reconnaissance. Il parle beaucoup pour donner le change, mais ses petits yeux vigilants évaluent l'état de la situation, auscultent chacun de mes indices incriminants, jusqu'à ce qu'un changement dans la façon de me regarder m'indique qu'il tient son diagnostic fermement et qu'il n'a pas l'intention de me le livrer pour des prunes. Avant de partir, il me décochera en guise d'unique révélateur une de ses phrases alambiquées que je ne décoderai pas toujours, et ce sera tant pis pour moi.

Il regarde évasivement mes tableaux, il s'en tient à distance non pas respectueuse, mais étonnée, croirait-on. Il me demande si j'ai suivi des cours d'anatomie. Il dit que ça paraît que non. Il me demande quand je vais me décider à peindre des oiseaux, des fleurs, des paysages, de vraies choses qui en valent la peine. Il rit. Il pense ce qu'il dit.

Je ne sais pas encore que cette fois est la dernière, que je ne reverrai pas le docteur Pérusse, ses poils filasse et ses petits yeux d'inquisiteur, que je n'aurai

plus jamais droit à ses méchancetés thérapeutiques.
Lui le sait, et cela donne à l'instant une pesanteur de
clair-obscur que je ne m'explique pas. Il finit cons-
ciencieusement la bouteille de tequila. Quand il se
lève, ses quasi-soixante-dix ans le suivent avec un
léger décalage, comme une ombre saoule. Sur le seuil
où je l'ai suivi, il me considère un long moment en
clignant des paupières, puis il glousse, frappé par une
de ces évidences tordantes qu'il est le seul à
débusquer.

— Est-ce Dieu possible, Maximilien, je regarde ta
chaise, enfin les roues de ta chaise, et je pense au
progrès, « L'histoire universelle est le progrès dans la
conscience de la liberté », c'est de Hegel, « Si le progrès est la loi, la liberté est l'instrument du progrès »,
Maurice Schumann, mais ça n'a pas vraiment rapport,
je me demande en fait pourquoi des roues à ta chaise,
dans quel but, ici. Pourquoi tu ne te visses pas plutôt
sur un socle, comme un buste d'homme célèbre ?...

Il rit. J'hésite à l'imiter, sentant combien cet
humour clopinant n'en est pas un, et enrageant de ne
pas savoir lire les hiéroglyphes.

Je le regarde s'éloigner dans le corridor, plus lent
à se dissiper qu'un mirage, et peut-être pourrais-je
voir, si je regardais bien, la maladie galoper à l'intérieur de lui, mais j'oublie de le regarder comme il faudrait regarder les êtres qu'on aime, sans ciller jamais.

C'est seulement après qu'il est parti que je me
décide à le dessiner pour la première fois. Je me rends
compte que son image était déjà là, tout ce temps,
assoupie dans les encombrements de ma mémoire.

Ai-je dit que j'ai aimé cet homme dès que je l'ai
détesté, que je l'ai aimé infiniment mieux qu'un
père ?...

Sur ma table, il m'observe sans complaisance, ses contours d'encre émergent d'aussi loin que ma préhistoire douloureuse et viennent aboyer des imprécations tandis que j'entends monter du boulevard Saint-Laurent le tintamarre des voitures, des moteurs emballés, des carrosseries aux robes de tôle dépenaillée, des freins appliqués trop tard sur une chaussée à jamais lisse comme le glaçage d'un gâteau d'anniversaire — bonne fête, Maxou mon cher pitou c'est à ton tou de te laisser parler d'amou, bonne dix-neuvième année d'impotence, que les pneus de ta chaise roulante soient préservés des crevaisons sur les chemins caillouteux de l'existence.

Une fois, on courait, la pellicule défile en 35 mm couleurs magnétoscope et son Dolby s'il vous plaît et l'écran Imax fait trois fois le tour de l'Amérique, on courait après celle qui aurait dû se trouver avec nous dans la chaleur de notre triptyque et qui n'y était pas mais on ne courait pas vraiment, mon ami Purple au nom mutin de cap d'acide et moi, Long Man, aux jambes dépassant l'entendement, on roulait après notre amour enfuie déracinée coulant fantomatique vers d'autres mondes insupportables, le vinyle du camion était marine souillé et des dés en peluche balançaient dans le rétroviseur leurs points noirs, six, quatre, trois, trois qu'on n'était pas et qu'il était si déchirant de ne plus être, dans ce camion du frère aîné de Purple et ses odeurs d'huile de neige mouillée et de catastrophe existentielle, on roulait à la poursuite du rêve et de celle qui l'emportait avec elle et on les rattraperait tous fatalement car on était dans un *road movie* où il faut bien que les Bons gagnent du terrain sans ça ce serait l'injustice et la désespérance, devant béaient la nuit et le gouffre de l'autoroute 91

happant vers les États-Unis notre Lady volée vio-
lentée sans aucun doute par cet individu blême et
inconnaissable à qui il faudrait l'arracher, et Purple
avait les mains si blanches à force de serrer le volant
comme une arme et je ne parlais pas non plus dans
l'effondrement qui était descendu sur nous et qui
m'empêchait de dire moins vite ! ou de penser à des
choses raisonnables, la nuit et la glace déroulaient leur
tapis traître et soudain devant il y avait eu des yeux
phosphorescents de chien ou de raton laveur, des yeux
d'animal qui allait mourir par notre faute ainsi que
meurt tout ce à quoi on tient et Purple s'était jeté sur
les freins tandis que le camion amorçait une danse
longue longue sur le flanc et sur le dos, le camion
pattes en l'air dessus dessous comme savent danser les
camions et les femmes qui retournent à l'état sauvage
loin des mains directives des hommes...

Émerger, vite, de ce film d'auteur suintant la
complaisance, de ce cinéma de répertoire à l'oxygène
recyclé, assez d'images américaines et de poursuites de
chars qui se terminent toujours de prévisible lamen-
table façon, silence ! noir ! NOIR !...
Je sors dans le black-out du corridor, et l'univers
s'achève ici ou peut-être débute-t-il plutôt au sein de
ces limbes obscurs et lisses. Quelqu'un fait de la
lumière. Quelqu'un, Julienne, se tient debout immobile dans l'immensité désertique du corridor et nous
nous regardons, seuls comme des rescapés de cata-
clysme, deux survivants atterrés par le poids de la
survivance. Puis elle renaît, elle se remémore les petits
bruits et gestes qui font s'enfuir le néant, elle ouvre sa
porte grande, elle trottine sérieusement, elle me parle
que dit-elle, elle m'invite à prendre oui à prendre

l'apéro. Nul ne sait si l'heure n'est pas davantage pro-
pice aux petits déjeuners, à la sieste ou au spectacle du
téléjournal, nul ne s'en soucie dans cet immeuble
intemporel qui est le début et la fin du monde. Je
roule à sa suite, réceptif à tout, même à un apéro à
l'heure du digestif dans un mausolée plutôt qu'à une
riante terrasse.

Et c'est la deuxième traversée sur les flots bleus
de l'antiquité maximilienne, je parade entre les pans
de mon passé, sous des dessins préscolaires et les
regards suspicieux d'un petit garçon tavelé qui
s'adonne aux turpitudes usuelles de l'enfance, se
balancer sur une balançoire, patiner sur des patins, à
bicyclette bicycler, rire comme si c'était normal. Que
du banal et du déjà très vu sur ces clichés si bien
nommés. Et pourtant, lorsque plus tard dans le salon,
un verre de muscat à la main, je me retrouve face à la
photo de cet efflanqué de quinze ans, aux taches de
rousseur maintenant nivelées par le soleil, qui fait du
ski nautique près de Duchesnay sur le lac Sergent dont
l'odeur minérale fraîche me remonte instantanément
au nez, je suis contraint de déménager prestement
ailleurs, dans l'ombre plus bénigne de mes premières
aquarelles.

Julienne m'observe en souriant, avec un vieil
attendrissement qui s'adresse à bien plus jeune que
moi-même. Avant que tout ne devienne d'une
moiteur insupportable autour de moi, je lui demande
si elle n'a pas entendu quelqu'un faire tapisserie
devant chez elle quelques heures auparavant, vraiment non, quel dommage, c'était le docteur Pérusse,
quel dommage de l'avoir manqué. Son sourire reste
imperturbablement en place tandis qu'elle dit : quel
docteur Pérusse ? avec une innocence de grande

actrice, mais je persiste et signe, entêté comme un fossoyeur qui creuse dans le tuf : tu sais bien, le seul et unique docteur Pérusse, le neurochirurgien qui s'est occupé de moi pendant une année entière à l'hôpital, celui que tu as rencontré trois cent trente-cinq fois au bas mot...

— L'hôpital ? vacille-t-elle. Ah oui, l'hôpital.

Elle enchaîne avec des insignifiances qui se donnent des allures distinguées, la décision unilatérale du ministre Côté de déménager l'Hôtel-Dieu à Rivière-des-Prairies quelle honte, les découvertes récentes de cet oncologue fameux même si québécois, quel est son nom déjà... Je me cramponne puisque c'est là l'unique façon de finir un jour par flotter insubmersible au-dessus du vide, je refuse d'avancer sur ce qu'elle épand à brassées frénétiques sous nos pieds, je lui coupe la parole sans manière, ours mal léché braqué sur sa ruche malgré les dards, te souviens-tu, Julienne, dans cet hôpital si grand si verdâtre toujours en réfection et en échafaudages comme il était facile de se perdre, comme tu te perdais et te retrouvais à la maternité ou au mouroir dans les extrêmes affolants de l'existence et le même infirmier invariablement venait te reconduire à ma chambre, maculée de peinture fraîche, des débris de plâtre dans tes cheveux... Mais elle me parle par-dessus, elle s'obstine elle aussi à chevaucher mes mots avec les siens et un moment nous sommes deux voix parallèles qui se hurlent dans les oreilles, jusqu'où m'entêterai-je, jusqu'à quels sommets Julienne sauras-tu hisser l'art de l'esquive, te souviens-tu de cette première fois où tu es apparue dans ma chambre, deux semaines déjà après l'accident car j'avais refusé qu'on te prévienne, du plâtre dans tes cheveux et du plâtre surtout sur moi, partout, un anthropoïde de plâtre aux extrémités en traction, un funambule cassé entre les barres de métal et les poulies compliquées, et tu avais regardé tout cet appareillage perfectionné longtemps longtemps avec une crainte admirative avant de dire : « Pardon, monsieur, je cherche mon fils », et moi aussi, t'en souviens-tu, comme j'avais pris du temps à te dire ce que tu ne voulais surtout pas entendre : c'est moi, maman, c'est moi ?...

Elle a détourné la tête, quelques bribes de phrases viennent encore trébucher sur ses lèvres mais c'est tout, le combat est trop déloyal, elle abdique. Elle pleure. Elle pleure sans me regarder, affaissée et peu à peu vidée de ses eaux, comme toutes ces fois dans ma chambre d'hôpital et toutes ces fois après où ses yeux venaient en contact avec ma réalité inencaissable.

Oh les larmes des mères sont des instruments de torture virtuoses sous lesquels il est impossible de ne pas perdre sang et courage. À l'institut de réadaptation d'où je refusais de sortir et pour cause, à combien de ces fins de dimanches après-midi exsangues et désespérés ai-je assisté, lorsque les quadriplégiques rentraient l'un après l'autre de leurs week-ends familiaux, mes pauvres frères les Quads, dévastés, anéantis, doublement mutilés par les larmes de leurs mères...

Je regarde ses mains qui s'accrochent l'une à l'autre pour tenter de se consoler, ses jointures déformées par l'arthrite. Je lui dis de cesser de pleurer sinon je m'en vais pour toujours, mais je le lui dis très doucement à cause de ces mains cruelles et déchirantes, ces mains de mères qui savent décimer tout autant que les larmes à l'aide de leurs veines saillantes, leurs gros nœuds de vieillesse, leur façon de se refermer sur ce qu'elles ont perdu.

Cela continue de sourdre et de bouillonner humblement hors d'elle, et elle a un petit geste navré de la tête pour signifier son impuissance à arrêter le parcours de ce liquide-ci, aussi inévitable que celui du sang. Alors je lui parle de ravitaillement et d'appétit, je prétends que j'ai faim, je me roule jusqu'à la table de mon enfance comme si elle était la mère nourricière d'avant, et moi, l'oisillon fluet à court de becquée. Je ne sais où je mettrai ces pitances horriblement surnuméraires, mais tant pis, je m'inventerai des estomacs et des viscères de secours s'il le faut, s'il s'agit là du seul rappel à l'ordre susceptible de l'ébranler.

Elle accourt, bien sûr, elle a aussitôt mis sur la table à ma disposition porc frais et jambon et graisse de rôti et langue de veau et pâtés à la viande et gratin de chou-fleur et brocoli si je préfère les légumes et tarte à la ferlouche, de quoi digérer de travers pendant plusieurs vies après la mort.

— Assis-toi, ordonne-t-elle, redevenue régnante en son domaine.

Il me semble qu'encastré là, en effet, entre l'armoire en coin et l'horloge coucou qui marque onze heures, les coudes sur l'arborite beige de la table contre lequel ma fourchette de sale gosse s'est fait les dents il y a si longtemps de ça, il me semble qu'en effet tout serait possible soudainement, surtout m'asseoir et me lever, et partir en courant, et si je ne le fais pas, c'est que le temps est immobile et me fige avec lui.

— Comment ils vont, tes amis ? dit Julienne. Pourquoi tu ne les invites pas, un soir ?

Elle découpe les viandes, démoule le gratin, elle remplit mon assiette et j'entends un fredonnement qui sort de sa gorge tout à l'heure si nouée. Il ne reste qu'une sorte de moire séchée, sur ses joues, pour attester que des larmes ont bien suivi leur cours, ici.

— La petite, là, surtout... Bon, ce n'est pas exactement le genre sérieux et discret mais elle a un bel air, c'est vrai, je comprends qu'elle te plaise... Tu l'appelles comment, déjà ?... Ce n'est pas une Anglaise, toujours ? Enfin, même si c'en était une, je vais dire comme on dit, il faut bien se mêler à eux autres maintenant qu'ils sont partout. On voit que c'est une fille intelligente, par exemple, c'est bien de se tenir avec des gens intelligents, ça peut aider, dans les examens et toutes les choses difficiles que vous avez à apprendre. Lui aussi, ton ami, on voit qu'il est intelligent, mais lui, comment dire, je ne sais pas, il a quelque chose. Il a quelque chose qui me dit qu'il va finir mal.

Elle me voit la regarder sans mot dire, elle supporte mon étonnement avec le calme de quelqu'un qui n'a plus rien à perdre. La lueur dans ses yeux pâles est tremblante, de cette sorte fragile qu'il serait vraiment trop mesquin d'éteindre.

Oui, Julienne. Un soir, je les inviterai ici, Purple et Lady, et nous mangerons nous danserons la nuit durant comme des excités, nous parlerons si fort que tu sauras ce que nous ne voulons pas être quand nous serons grands. C'est vrai que Purple a quelque chose d'intense et de furieux et de peut-être condamné, comme tu dis, à finir mal. Mais qu'est-ce que ce serait, finir bien, toutes les fins ne sont-elles pas des maux ?... Oui, Julienne, j'inviterai Lady, surtout, toutes les raisons existent pour que je l'aime, n'avons-nous pas dix-neuf ans et des jambes de sept lieues pour franchir les obstacles, je les inviterai, et nous serons une vraie famille sans aucun membre amputé même pas papa qui fumera sa pipe comme s'il n'était pas mort à trente-six ans, Pipo lapera le lala, nous retournerons en enfance à la vitesse inversée du Big Bang et j'aimerai Lady d'un authentique amour monogame, celui qui rend l'ouïe assez fine pour que j'entende quand elle appelle. Écoute comme elle m'appelle maintenant, excuse-moi je dois partir car il est si facile de rater l'essentiel, si facile et après on le regrette toute sa vie.

PORTRAIT DE LADY

L'acrylique est cher et se gaspille aisément, l'aquarelle a une légèreté de pigmentation qui ne convient guère à mon humeur de tragédien magané : je travaille donc à l'huile parce que c'est riche et difficile, et que la souffrance y est au moins utile à quelque chose. J'aime aussi l'encre, pour tracer les premières esquisses : l'encre est une terre meuble dans laquelle les doigts fouissent à vif, ce qu'on exhume est nu et brut, implacable comme la condition humaine. Il n'y a rien de singulier à dire à propos de ma palette. Ma palette est classique, les primaires s'y côtoient par couples — l'outremer et le cobalt, le safran et le citron, le vermillon et le carmin —, et je les malaxe directement là jusqu'à ce que jaillisse ce que je cherche, mais ce que je cherche ne jaillit jamais, je me contente des amalgames les moins éloignés de ceux qui brûlent dans ma tête. Il y en a une, surtout, une couleur, je ne peux guère t'en parler car les mots viennent toujours les derniers, je sais que cette couleur m'appartiendra quand je commencerai à voir vraiment, je m'en approche à chaque toile et si elle s'éloigne à mesure, c'est à distance un peu plus apprivoisable chaque fois. Pas de spatules, j'aime que la pâte reste légère sur la toile, j'utilise des pinceaux fins, toujours, sauf, sauf lorsque rien ne me tient dans les mains, ni pinceaux ni plumes ni palette et que les rouges sont noirs et que les jaunes hurlent à la mort et qu'il me reste simplement les doigts pour arracher à l'huile des témoins de la vie vivante, mais ces moments-là sont des tempêtes rares qui empestent la vieille friture et l'angoisse pourrissante, oublions-les je t'en prie pour qu'ils oublient de revenir, parlons d'autre chose et de choses et d'autres, parlons, parle.

C'est la nuit et nous sommes si loin de dormir, sa voix-caféine bivouaque en moi, dans tous mes interstices qui s'ennuyaient d'elle sans le savoir. Nous sommes deux, chacun de notre bord de rideau, nous filons gracieusement côte à côte parmi les cauchemars du monde assoupi. Elle m'écoute intensément, elle veut tout savoir, elle insiste sur ces moments d'angoisse où tout pèse trop dans les mains, dis-moi ce qui pèse trop et pourquoi, oh oui la vie est lourde souvent soupire-t-elle, dis-moi exactement comment elle est lourde pour toi, nous sommes pareils, dit-elle, sauf que moi je n'ai pas de couleurs à ma disposition, juste le noir et blanc de l'écriture et l'encre de mon imprimante embaume beaucoup moins la condition humaine que ton encre à toi...

Je lui livre l'essentiel mais je lui tais Rossinante, mon si fidèle accessoire : parler de moi me donne soudain une flottabilité invulnérable de pur esprit, parler de soi est si allégeant, que veux-tu savoir, Lady, oui je peins d'après modèles toujours, c'est-à-dire au début, pour la mise en forme et le tracé des contours, pour dérober l'âme simplement et après ne reste qu'à maquiller le tout selon des lois qui sont les miennes, des portraits, oui ce sont des portraits mais qui s'éloignent de la figuration réaliste et de l'euphorie de la reconnaissance, je suis un voleur, ce sont des portraits volés à des corps qui ignorent à quel point la perfection se tient là où ils ne la soupçonnent pas.

Et maintenant sa voix sent la menthe et le caramel, elle descend sur moi comme une vapeur opiacée et elle veut quelque chose très fort, dis-moi comment tu choisis tes modèles, murmure-t-elle, pourquoi elle et pas l'autre et pourquoi celui-ci plutôt que celui-là, oui, c'est une question de corps, il faut que tu aimes les corps, que tu aimes tout court, oh oui je comprends parfaitement, dis-moi ce qu'il faut pour que tu aimes, pour que tu m'aimes moi, m'aimes-tu, dis-moi, Long Man, m'aimes-tu encore ?...

C'est la nuit totale en ce début d'éternité d'hiver et quelque chose cherche à se frayer un passage de l'obscurité à la lumière, quelque chose, en cette nuit de novembre la plus longue, veut naître fébrilement comme un stolon d'avril, et c'est en moi que ça germe, c'est chez moi. C'est chez moi aussi soudain que quelqu'un marche dans le corridor et pousse la porte sans frapper et entre en faisant suffisamment d'ombre pour tout replonger dans la nuit noire. Je me retourne. Pauline est là.

— Tu ne dors pas, toi non plus, j'avais le pressentiment que tu ne dormirais pas peut-être. Mais tu parles au téléphone, tu parlais, excuse-moi ne t'occupe surtout pas de moi, je m'installe ici tu vois j'ai l'habitude, je m'allonge sur ton sofa et je suis invisible, je t'en prie poursuis comme si je n'existais pas. J'ai toujours su comment faire pour ne pas exister, c'est exister qui est difficile, mais il me semble que j'apprends lentement, j'y arrive un peu plus chaque nuit, depuis que je ne dors plus. Je t'en prie retourne à ton téléphone, il est si précieux d'avoir des inter-locuteurs sympathiques à qui parler la nuit, c'est une femme bien sûr elle est belle, toutes les femmes la nuit sont belles parce que le noir les transforme en veuves et en refuges de guerre, en promesses de trou noir aspirant dans lequel on peut s'engouffrer. Il m'a dit ça, en se retirant de moi, il a dit : tu es un trou noir aspirant, il faut être très jeune pour dire des choses semblables, et c'est vrai qu'il était très jeune. Je me souviens juste de ça, de cette phrase dite à mi-voix dans le noir et de sa jeunesse et de son sexe petit comme un chiot qui ne sait trop comment arrêter de gigoter, je ne me souviens de rien d'autre, et si je le rencontrais je ne le reconnaîtrais pas. Ce n'est pas faire l'amour avec lui que j'ai aimé. Ce que j'ai aimé, c'est ça, seulement, tu vas rire, ne pas me souvenir de son visage après, pouvoir repartir aussi légère que lorsque j'étais entrée, et continuer de marcher, de marcher et de boire — c'est incroyable comme je suis capable de boire sans être saoule, et dire que toutes ces années de tisanes je ne le savais pas. Il y en a eu un autre, avant-hier, lui je me souviens surtout de sa chambre, c'est un artiste en collages et en installations et son lit lui sert d'atelier, et quand je me suis réveil-lée, j'étais étendue entre des bras de plâtre et de métal et toutes sortes de fils de fer qui auraient pu m'em-paler, et lui dormait la tête enfouie dans le papier journal avec lequel il bourre ses formes. Lui aussi était très jeune, qu'est-ce que tu veux, il n'y a que les jeunes qui n'ont pas de problèmes d'épouse ou de prostate et qui sont prêts à s'embarquer sans méfiance dans le premier trou noir qui s'offre à eux. Je commence à ne plus les craindre, ils sont vifs et rutilants comme des carrosseries d'autos neuves, ils s'emballent, ils ne connaissent pas ce qui freine, c'est parce qu'ils ne savent rien qu'ils s'emballent. Ils ne parlent pas bien, tant mieux, ils n'ont pas encore appris à se servir des mots contre les autres mais ça viendra, il faut les prendre tandis qu'ils sont presque inoffensifs, et je les prends, tous ceux qui voudront je les prendrai et je leur laisserai l'illusion de me prendre, la jeunesse des hommes n'aura tellement plus de secrets pour moi qu'elle ne pourra plus me faire mal. Ses deux valises sont dans le corridor depuis des jours, mal bouclées avec des bosses qui déforment le cuir, il a mis ses valises bien en évidence dans l'appartement pour que je sois poignardée chaque fois que je rentre alors je rentre de moins en moins, il est bien attrapé avec ses valises bossues qui voudraient me narguer mais qui frappent un nœud puisque je dors au magasin et la nuit je marche dans la rue et je bois dans les bars et je me réfugie dans des chambres de jeunes qui n'ont pas de valise, ah ah. Alors il a commencé à me laisser des notes, « je m'en vait », v-a-i-t, pauvre Laurel, je lui ai pourtant offert tant de livres et de dictionnaires mais l'orthographe n'a jamais été son fort, « je m'en vait resté — accent aigu — chez ma mère ». Tant que je ne serai pas là pour le voir sortir avec ses valises, il n'osera pas, il n'osera pas c'est certain massacrer le nid sans un dernier regard il me semble pour l'oiselle, l'oiseuse, qui l'a nourri bichonné cajolé aimé aimé jusqu'à aujourd'hui, et s'il ose, mon Dieu mon Dieu. Tant pis. Avant, tu sais, au 15e au 16e siècle du temps de Dürer en Europe c'était normal souhaitable, les jeunes quittaient la maison pour entreprendre leurs

Wanderjahre, leurs années d'errance, ils allaient seuls à pied dans l'Europe visiter les vieux maîtres et les artistes des autres pays et ils cherchaient un sens à leur vie future et après ils revenaient s'installer pour de bon se marier se caser dans le nid ancestral, et c'est comme ça qu'il faudrait que je tente de voir les choses, mais je n'y arrive pas, les *Wanderjahre* de Laurel ne l'amèneront pas plus loin que loin de moi, il me jette pour recommencer une autre enfance au lieu d'aller traquer la vie adulte ailleurs, il me massacre, il me tue. Mais il ne faut pas que j'en meure, il faut que j'apprenne à ne pas mourir, que j'aille toutes les nuits dans la vraie vie, celle qui enseigne à quitter les hommes jeunes le matin sans me souvenir de leurs visages et sans souffrir. Tu as raccroché, tu n'aurais pas dû, regarde je m'installe sur ton sofa et je ne dis plus un mot, même lui, ton petit Schiele qui secoue son petit sexe avec ses yeux égarés il ne me fait plus peur, pauvre Egon mort si jeune, pauvre mère du pauvre Egon qui s'appelait Marie — qui s'en rappelle maintenant ? — toute seule pour affronter ses enfants morts et les livres mentionnent seulement qu'Egon et elle « ne s'entendaient pas bien », les livres et les enfants sont tellement injustes. Quand tu le verras je sais que tu le vois, dis-lui je t'en supplie, dis-lui combien je suis plus estimable que j'en ai l'air, engueule-le si tu m'aimes un peu, parle-lui je sais que tu lui parleras, mais je te laisse travailler ou réfléchir ou téléphoner à d'autres femmes, je souhaiterais juste dormir ici quelques heures le temps qu'un rêve au moins me soulève de terre. S'il te plaît une dernière chose, toi qui flottes au-dessus de l'adversité comme un cerf-volant, chante-moi quelque chose d'encourageant pour m'endormir, chante-moi *Le Temps des cerises* ou *Carnaval mardi gras carnaval*, n'importe quoi d'intense ou de quétaine qui ne parle pas de bébé ni de maman larmoyante.

C'est la nuit. Une autre nuit. Il fait une lune froide, épuisée par l'éloignement, sauf là où nos fenêtres se regardent, où ça crépite sous l'effet d'une chaleur tropicale. Elle porte, d'ailleurs, des vêtements légers, des voiles colorés qui courent autour de ses bras comme des gazelles. Sa peau est bronzée. Je la vois toute, par la fente que je me suis hypocritement ménagée à même la grimace de ma hyène. Elle continue de ne pas me voir. Son visage est en feu tandis qu'elle parle mais ses mains dorment, inertes sur la table. Je suis connue là-bas, dit-elle. C'est moi qui ai écrit les scénarios pour Soderbergh, *Sex, Lies and Videotape* et *Kafka*, tu n'as pas vu ses films, c'est vrai que toi le cinéma, *Kafka* m'a déçue, ils ont coupé les deux dernières séquences qui justifiaient les scènes du château, je ne sais pas si je vais lui donner cette histoire à laquelle je travaille, d'ailleurs je ne sais rien de demain où je serai ce que je ferai seule ou avec qui, RIEN, ajoute-t-elle la voix haussée d'un cran. Petit silence dramatique, pendant lequel elle semble frappée de plein fouet par l'amertume de cette révélation. Le front sillonné, la bouche tragique, le téléphone coincé sur l'épaule, elle se regarde les mains. Le visage toujours affligé, elle plie l'index et le majeur de chacune de ses mains en formation de petit bonhomme, et elle les lance à la poursuite l'un de l'autre sur la table. Ils s'enfargent dans les plis du papier, Bonhomme gauche rattrape Bonhomme droite, paf, ils se rentrent dedans. Je lui demande, un sourire en coin, à quoi elle s'occupe si silencieusement. Bonhomme droite

187

décoche mesquinement un coup de majeur à Bonhomme gauche qui s'affale, agonisant, les deux pattes
agitées de soubresauts. Je réfléchis, dit Lady, la voix
sérieuse. Elle ramène ses doigts sur le récepteur, le
visage redevenu lisse et souriant. Même à New York je
suis connue, dit-elle. Le Performance Group a monté
un de mes textes Off Broadway, *Wild Life* ça s'appelait,
c'était une histoire de trio amoureux et haineux et
indissoluble comme il n'en existe que dans la fiction,
je te la ferai lire, ça a très bien marché jusqu'à ce
qu'un incendie éclate en pleine représentation à cause
de l'éclairagiste complètement gelé qui a laissé sauter
les fusibles pendant qu'il se faisait un fix, sombre
sombre drame, peut-être faudrait-il que j'écrive ça
pour l'exorciser, tout le monde est sorti en catastrophe
du théâtre sauf un spectateur qui est mort, un infirme,
va savoir comment il s'était faufilé là avec sa chaise
dans ce garage sans rampe d'accès ni rien, va savoir ce
que ça donne d'intégrer à tout prix les éclopés, crache-
t-elle soudain sans crier gare, et je me recule loin de
la fenêtre, sonné par l'offensive.

Maintenant elle parle d'américanité et d'Américains comme si la parenthèse venait de se refermer
anodine sur elle-même, mais je suis demeuré en arrière
dans la parenthèse en compagnie de cet infirme carbo-
nisé et de ces éclopés désintégrables, je me bats avec
les doutes et les supputations dans la parenthèse devenue ring meurtrier, que sait-elle que ne sait-elle pas,
pourquoi un infirme est-il justement venu mourir
au beau milieu de son histoire de trio indissoluble ?
D'ailleurs on ne dit pas infirme et éclopé, on dit para-
plégique ou mal déambulant ou hominidé en assise
prolongée, elle ne sait pas vivre la salope.

À son tour elle se tait, elle se penche un peu vers l'avant et me demande si je suis toujours là, le corps le visage et les mains unanimes cette fois dans l'anxiété, es-tu là, pourquoi tu ne parles plus, je t'entends qui ne m'écoutes pas, où es-tu ?...

Je suis partout en ce moment, à la recherche frénétique d'un prétexte pour ramener l'éclopé sur le tapis, le hisser mort ou vif par les moignons au centre de la conversation, l'air de rien. Ce mort dans ton théâtre, lui dis-je enfin, cauteleux comme un confesseur, tu en parles avec bien de la légèreté il me semble, enfin un mort, un mort ce n'est pas rien même si, même s'il ne s'agissait que de, que d'un *infirme*. Elle reste un moment muette, tendue vers la fenêtre avec une grande perplexité, puis elle éclate de rire, elle rit elle rit, le récepteur trampolinant sur son épaule. C'est ça, c'est donc ça, hoquette-t-elle, ce n'est que ça, je croyais que j'avais dit quelque chose d'épouvantable et que tu me haïssais à jamais tout à coup, mais non Max, il n'est pas mort, Djisus, pas vraiment mort, j'avais oublié à quel point tu es vertueux, d'ailleurs il n'était pas vraiment infirme, juste un peu boiteux à vrai dire et ils l'ont sorti quand la fumée l'a fait tourner de l'œil et aujourd'hui il boite sûrement aussi impeccablement qu'avant, j'ai dit ça comme ça pour la beauté de l'histoire, il faut bien épicer un peu la soupe quand elle goûte trop la Campbell, d'ailleurs si tu veux tout savoir ce n'était pas un vrai incendie à peine un peu de fumée et ça s'est plutôt passé durant la générale pendant laquelle il n'y avait que dix spectateurs, peut-être sept ou huit et personne n'a souffert de rien sauf la pièce qu'on a reportée de deux semaines, enfin, Max, tu me connais, tu sais combien j'ai un faible pour l'exagération contrôlée — mais tout le reste est vrai je te jure, rigoureusement vrai. Bien sûr qu'elle a toujours été ainsi, maîtresse de la surenchère, enjoliveuse de vérités plates, bien sûr que je l'aimais pour ça et pour tant d'autres choses, et je ris moi aussi de façon excessive, je ris plus fort qu'elle, soulagé d'un fardeau très précis.

Je sais très fort en ce moment ce que je veux. Je veux rester celui qui marche à sa rencontre du haut de ses six pieds invincibles, dressé dans sa tête comme je le suis dans la mienne, je veux être celui avec lequel elle court et danse et entremêle son sexe en état immortel de jeunesse euphorique, Long Man à jamais pour elle, et j'userai de toutes les mystifications sauvages qu'il faudra, et je crèverai tous les culs-de-sac qui oseront se hérisser à ma rencontre.

Pourquoi ce serait juste la vie présente qui serait réelle ?

Je lui dis que j'aimerais infiniment entendre sa voix rock'n'roll me livrer des pages d'elle, lis-moi je t'en prie Lady cette histoire téléphonique où Lui et Elle ne se rencontrent jamais, pétrifiés dans l'éternité de la passion débutante.

Je la vois, par l'échancrure du rideau, fermer un instant les yeux. Lorsqu'elle les rouvre, ils sont violets et très tendres, et leurs fusées éclairantes volent vers ma fenêtre, transperçant jusqu'au cœur la hyène grimaçante.

Je n'ai jamais lu mes textes à voix haute à personne, dit-elle, jamais, il faut qu'on m'aime très fort pour que je le fasse, il faut qu'on m'aime assez pour que la vie et l'écriture et l'angoisse du vide et la peur de tomber en vaillent la peine, m'aimes-tu assez, Long Man, m'aimes-tu ?

— Permettez, Maximilian, sorry if I disturb you, j'assois chez vous ma grosse personne pour un moment seulement, I must disturb somebody, I don't have anybody else to disturb. Les gens sont méchants, Maximilian. C'est ça qui est le plus dur, les gens sont méchants et très nombreux dans la vie, et ça rend la vie unlivable. Regardez là, dans mon visage, ce n'est pas de la peinture rouge que vous voyez c'est du sang, no jokes, real blood and it hurts. Il y en aurait plus, il y aurait du rouge comme ça partout sur moi si la briefcase du fou n'avait pas fendu en deux, vlang, à force de frapper sur moi, et tous ses papiers ont revolé par terre, j'ai vu qu'il travaille dans les assurances, le fou, ses contrats d'assurance tous dans la slush, et je peux dire que sa briefcase n'était pas en vrai cuir, le fucking bastard. Mais le pire coup qu'il a donné, c'est en dedans, Maximilian, je ne dors pas depuis qu'il a donné ce coup, il a brisé quelque chose à moi en dedans, Maximilian, help me, je sais pas avec quoi faire réparer, peut-être qu'avec les pinceaux et la peinture et un verre de schnaps tous les deux it would help, I feel so terrible so terrible, I feel like Yugoslavia, I feel like a country absolutely devastated by war. Juste avant le fou c'était le bonheur total, une seconde avant, et maintenant c'est le désastre total, une seconde, c'est trop de changement trop vite pour un homme tout seul. Alice à côté de moi, avec sa petite odeur d'abeille, on mangeait des French fries comme chaque vendredi après-midi dans le snack-bar et le snack-bar était un château et moi comme un roi dans le château avec la princesse, et il est arrivé en hurlant, la cravate pourtant bien épinglée et le costume swell et la petite valise sérieuse en faux cuir qui avait l'air du vrai, mais lui, my friend, un fou hurlant, la face

191

toute Picasso de travers à force de crier des insultes et
il m'a donné des coups partout dans la face avec sa
fausse valise jusque dehors dans la rue, un fou
déchaîné furieux dangerous, le père d'Alice. Et il criait
aussi après elle : « Est-ce qu'il a touché à toi, est-ce
qu'il a touché toi ? » Il hurlait tellement avec sa face
de travers qu'elle avait trop peur pour dire non, pauvre
petite agneau, et moi je n'ai pas voulu me défendre à
cause d'elle et je me suis laissé taper devant elle et dire
des choses honteuses comme : gros criss écœurant
j'vas t'fare enfarmer gros tabarnak de bloke de porc
que j'te r'pogne à l'approcher... Et après que la valise
me fende sur le dos, et tous ses papiers tombés dans la
slush, il a pas arrêté de crier, même à quatre pattes en
ramassant les papiers il criait après elle : « Tu le sais
c'est plein de fous de violence dehors tu le sais,
tabarnak, va-tu falloir je te tue pour tu t'en rap-
pelles ?.. » Ils sont partis ensemble. Lui qui lui arra-
chait sa petite main à force de la tirer, et elle qui
pleurait et qui ne s'est pas retournée. And here I am,
here I am, oh my. Quand je ferme les yeux, c'est ça je
vois, toujours : elle qui s'en va en pleurant avec lui, et
moi en arrière, tout seul, gros bloke tabarnak avec la
honte et le sang dans la face. La honte, Maximilian.
Mais je comprends pas pourquoi. Quand il y a Alice
à côté de moi, il n'y a rien pour avoir honte, c'est
quelque chose de fort qui rend trop heureux, pourquoi
il y aurait de la honte quand c'est quelque chose qui
transporte en haut, et pas en bas ? Mais lui, la briefcase en carton, j'ai vu comment il me voyait dans ses
yeux de fou, et les yeux aussi du boss du snack-bar,
c'est lui qui a averti le père d'Alice, chaque vendredi
il nous regardait d'une manière qui aurait dû lui faire
honte à lui, c'est ça le plus dur, le monde est plein de

assholes jaloux qui voient du sex and evil partout où c'est beau et ils détruisent tout, et après il n'y a plus rien, ruins everywhere. Depuis, j'ai vu, il vient la chercher en auto, a big fucking Olsdmobile, et il la reconduit le matin à l'école, et Julius comme un gros pig idiot qui se cache sur le trottoir et qui attend chaque jour pour rien, rien nulle part, ruins everywhere. Pourquoi vous ne sortez pas les couleurs et les pinceaux et les tableaux ? Vous ne voulez pas dessiner maintenant Julius tout nu, ou Julius tout habillé, Julius crying like a fucking kid ? Je dérange, my friend. Vous aviez le téléphone dans la main, vous aviez des choses à dire à quelqu'un et j'arrive avec mes histoires et je dérange. No ? It's good to be here, just sitting here. Si vous voulez, je vous donne mon argent, tenez, tout mon argent que j'ai dans les poches, prenez prenez, parce que je suis un menteur, Maximilian. Toutes les fois que j'ai acheté des tableaux, ce n'était pas avec mon argent, c'était l'argent de votre ami, le grand jack tout en noir, il me donne l'argent pour vous et pour le loyer et me dit d'acheter et de payer des viandes et de ne pas dire que c'est lui. Yes, votre ami, the Artist, the one who seems astonished by life, vous êtes choqué je vois, il avait dit de mentir pour ne pas que vous soyez choqué mais maintenant, je le dis, tant pis, maintenant I swear je prendrai mon argent à moi pour payer. Because you're a friend, and it's so good to be sitting here without any pain for a while. Mais il faut garder les yeux grands ouverts, parce que les yeux fermés, je vois elle avec son petit visage et ses petits yeux qui me regardent et sa petite main qui était la seule à toucher à ma main, et je ne vois pas comment c'est possible de vivre sans ça. What else, Maximilian ? Se lever, respirer, dormir, and what else, what fucking else ? Oh

God, damn god. Manger, il y a encore. Si vous voulez, je reste ici toujours, et je fais à manger pour vous. Mangeons, my friend. Mangeons tellement que la nourriture bouche tout dans le cerveau et qu'il n'y ait plus la place pour rien qui fait mal.

Mangeons, dit-elle. Même si c'est la nuit et que les autres dorment ou rêvent immergés jusqu'au cou dans le néant, mangeons ensemble, Long Man, regarde, le rideau fermé est une nappe de dentelle et la lumière qui frétille chez toi est une chandelle, sors les comestibles de ton frigo, du pain des cretons des fèves au lard du fromage n'importe quoi et de l'alcool évidemment, ce sera romantique et décadent, je te mâcherai les mots dans les oreilles, tu boiras mes paroles avec du gin. Ils font ça, Lui et Elle au téléphone, ils lunchent ensemble en pleine nuit et cela devient hallucinant de sensualité, c'est la meilleure scène de la pièce, ça nous mettra dans l'atmosphère avant que je te fasse la lecture, allons je t'en prie attable-toi et festoyons pantagruéliquement, tu veux ou tu ne veux pas, Djisus, que je te le lise cet hostie de bâtard de duo téléphonique ?...

Je veux.

Elle plante tout au bout du fil, je la vois qui disparaît puis qui revient puis qui voyage à travers ce logis dont je ne sais rien, affairée sur ses longues jambes gourmandes à concocter à n'en plus finir quelque repas épouvantable. Je prends la bouteille de tequila dans le frigo et des glaçons en guise de corps solide, et j'attends. Ce que j'aperçois des murs par la fente du rideau est nu et glabre comme un appartement inhabité, un hôtel de passage. La surface plane de sa table de travail est bosselée de livres, de dictionnaires, de stylos qui tentent d'échapper à leurs réceptacles d'infortune — pots vides de beurre d'arachide, bocaux de défunts Cheez Whiz. Une lampe écaillée darde ses soixante watts cruels sur les papiers épars (avouez, avouez tout !). Ce n'est pas complètement le bureau high tech, où les télécopieurs et les ordinateurs se ronronnent des informations capitales sous les lumières à halogène complices.

Elle jette un tissu bleu sur le chapeau de la lampe qui s'adoucit d'un coup, elle pousse dans l'ombre les livres et les stylos et germent à leur place un chandelier, deux couverts de porcelaine, deux serviettes bleues, une bouteille de vin rouge, deux œillets dans un verre d'eau. Elle s'est maquillée, elle a un vêtement noir, tout d'une pièce, qui colle sur ses seins, elle a une boucle d'oreille qui joue les rapalas à son lobe gauche, elle a, elle a tout. Lorsque je la vois déposer une assiette fumante au centre de la table avec son sourire rouge, je suis pris de honte devant ma table vide et mesquine, moi qui ne sais plus jouer jusqu'au bout comme elle.

Devine ce que je mange, non tu ne peux pas deviner, glousse-t-elle à mon oreille, une entrecôte béarnaise extrêmement bleue et fondante et des petites carottes au beurre et au basilic, écoute je te les fais goûter, et toi, toi que manges-tu ?

Moi, ma mignonne, je suis attablé devant un homard thermidor et des coquillages sauce provençale et une bouteille de Sancerre 1938, ah ah me réprimande-t-elle, sois sérieux sois honnête sale vantard, d'ailleurs tu es allergique aux fruits de mer, se souvient-elle. Alors je lui parle de nourritures plus probables, des pâtés et des fromages, lièvre et mousse de ris de veau les pâtés, petit Reblochon et gorgonzola les fromages, l'exagération contrôlée me vient en galopant moi aussi tandis qu'elle opine à l'autre bout du fil si crédule que je m'engouffre un verre de tequila — bourgogne Aligoté 1989, lui affirmé-je — pour museler mes scrupules. Elle mange et je fais des bruits de bouche frauduleux, et cela serait menteur comme un repas de politiciens si ce n'était d'elle abandonnée naïvement à elle-même, si ce n'était de moi qui peux la contempler et commencer enfin à la dessiner, dans sa grâce féroce de carnivore.

Sa tête trouve tout de suite place sur mon papier à dessin, les lèvres rouges entrouvertes par le désir inassouvi de happer et de mordre, les cheveux en court bataillon de plumes hérissées, le cou longiligne pour mieux monter plus haut, le début de sa gorge blanc comme un début d'intimité. Aussitôt après, tout ce noir qu'elle a de collé sur la peau est de trop, ses vêtements sont des filtres insupportables qui entravent le mouvement de ma plume, et je lui demande, la voix candide d'un aveugle, ce qu'elle porte en ce moment et si cela s'enlève facilement. Je la vois suspendre ses gestes, repousser lentement l'assiette loin d'elle. Je suis en noir, dit-elle. Elle se tourne un peu pour être face à moi, elle regarde attentivement vers là où je suis.

C'est une combinaison en lycra retenue aux épaules par deux bandes très minces. Collante ? Très collante. Fais descendre une épaulette, lentement. Une seule ? Une seule, la gauche.

L'épaulette tombe, le noir coule sur le blanc, le rose émerge, sombre et dressé.

L'autre, maintenant, enlève l'autre. Lentement aussi ? Non, brusquement celle-là, comme si quelqu'un te déshabillait, quelqu'un qui a hâte de voir tes seins. Tu me regardes ? Non. Regarde-moi. Non.

Elle fait quand même comme si je la regardais, Dieu sait si je la regarde, elle fait comme dans les épinettes du boisé de Duchesnay quand elle savait déjà à quel point les seins des femmes sont des bijoux irrésistibles, elle fait languir le vêtement sur sa peau puis l'arrache d'un coup et le rejette jusqu'à la taille et ses seins triomphent hors de l'écrin, les pointes excitées par l'éraflure du tissu et le trouble de la nuit liquide autour de nous.

Maintenant, descends ta combinaison jusqu'aux cuisses, jusqu'à mi-cuisses. Pas plus bas ? Pas plus bas. Et maintenant ? Lève-toi. Je suis debout, je suis complètement nue, dessous. Reste comme ça un moment. Veux-tu que je me touche ? Si tu veux. Toi, veux-tu ? Oui.

Et je la prends toute ainsi, ma plume comme un sexe dirigeable et ferme, je la dessine les jambes entravées et la tête rejetée vers l'arrière, les mains entre les cuisses et le regard parti loin dans le plaisir tandis que sa voix rauque m'écorche en profondeur et m'arrache des lambeaux et défaille, la viande rouge me fait ça tu le sais, j'aime la viande rouge, j'aime le rouge, c'est pour toi, je sens tes mains sur moi, dans mes parties rouges, je veux que tu te caresses aussi, c'est mes mains qui sont sur toi, nos quatre mains, c'est fort oh que c'est bon quand c'est fort, m'aimes-tu Long Man aime-moi dis-le moi m'aimes-tu ?

Cette fois encore, quand je m'en retourne vers l'aube épandue tranquillement dans l'atelier, je ne suis pas surpris de trouver une forme prostrée sur le sofa, la tête enveloppée dans un foulard. Au fur et à mesure que je m'approche d'elle, je reconnais les yeux de Maggie, brillants et durs dans le début du jour, mais je ne reconnais rien d'autre. La peau de son visage et de ses mains est jaune, marbrée comme celle d'une malade, son front habituellement envahi de cheveux fous luit dans le clair-obscur, tout à fait dégarni.

— Tu fais de la peinture au téléphone, maintenant, pourquoi pas, après tout, il y a bien la peinture à numéros. Dommage pour toi, Max, j'ai bien peur que tu doives changer de modèle, j'ai bien peur que tu sois pris pour te chercher une autre beauté fatale. À moins que les têtes de carnaval t'intéressent, regarde, si j'enlève mon foulard, est-ce que ça te plaît, est-ce que ça t'inspire ? Moi aussi, tu vois, j'ai subitement été tentée par la création, c'est à la portée de tout le monde, non ? il suffit d'un peu d'imagination et de quelques matériaux, les matériaux sont essentiels, peinture, colle, térébenthine, peroxyde, encre, ciseaux, tout est là, quand on a les matériaux on a presque l'œuvre. Je peux te dire comment je m'y suis prise, te décrire ma démarche artistique de fond en comble, si tu veux, mes amis sont si rares que je n'ai pas assez de secrets pour eux. D'abord, tu prends les ciseaux — de bons ciseaux, des ciseaux d'artiste — et tu coupes tout ce qui se coupe : les sourcils, les cils, les cheveux, ça va tout seul, ça ne demande que ça, tomber sans faire de bruit, c'est fou ce qu'il y a de poils inutiles sur une tête. Après, attends, je ne me souviens plus si j'ai commencé par la glu, ou par l'encre, que veux-tu je suis une amateure, mon œuvre n'a pas encore le songé de vous autres, les vrais, les pros, les purs, je crois bien que j'ai mélangé ce que j'ai pu dans n'importe quoi et que je me suis beurré ça à pleines mains sur le crâne, l'encre, la peinture verte, noire, jaune, la colle, j'ai gardé le peroxyde pour le visage, avec de la teinture d'iode pour faire plus coloré, et de l'encre sous les ongles pour faire dramatique, mais il manque un peu de rouge, il aime le rouge, je voulais du vrai sang au début, j'ai posé les ciseaux droit sur mes yeux sur ma peau je voulais mais je n'ai pas été capable, je suis une peureuse une trouillarde une chicken j'ai si peur du sang, je n'ai pas été capable, je voulais déchirer tout ce qui se déchire et le cœur m'a manqué, j'ai trop la chienne je ne suis pas assez pro, assez vraie, assez pure et dure pour tout démolir, comme lui. Quand je me suis regardée dans un miroir, après, j'ai été soulagée, c'était une autre qui me regardait dans le miroir, ce n'est pas à moi que cela était en train d'arriver, pas à moi pour de vrai, juste à ce masque de carnaval qui grimaçait dans le miroir, aussi étrangère que la belle fille des rushes. Je suis allée travailler comme les autres jours et là-bas sur le plateau ils se sont tous arrêtés de bouger, c'est à cause d'elle, l'horrible peinturlurée du miroir, elle était venue avec moi et ils ne voyaient qu'elle, ils m'ont renvoyée avec elle en taxi et le producteur voulait qu'on aille à l'hôpital, moi qui ne souffre de rien de guérissable, quelle drôle d'idée l'hôpital, quelle idée simpliste et racoleuse de gars des vues. Alors je suis rentrée chez lui et j'ai attendu dans la chambre à coucher, assise sur son lit, j'ai attendu qu'il revienne de l'atelier avec son odeur de viande pourrie et ses yeux qui me fuient. Cette fois-là, ils n'ont pas pu me fuir, j'étais tellement évidente qu'il m'a vue et regardée plus longtemps qu'il ne l'avait fait les trois dernières semaines. Mais il n'a pas vu les bonnes choses, Max, il n'a pas vu que la peinture et la colle et l'encre et le jaune du peroxyde étaient en réalité du sang, il n'a pas vu à quel point j'étais toute déchirée tout abîmée et blessée et en danger de mort, et au lieu de me prendre dans ses bras, de pleurer, de me dire : pauvre petite Maggie mon Dieu que ça doit faire mal, il a dit : va te laver, juste ça, jeté comme à un animal qui pue : va te laver. Comment faire pour ne pas retourner chez lui, oh comment faire, aussitôt que je marche, c'est vers lui que mes pieds maudits ont envie d'aller. Je pourrais retourner avec Gaétan, avec Martin, je pourrais, ce serait comme marcher vers un précipice sans s'arrêter, un précipice mou et gluant et même pas profond, quelque chose qui fait mourir sans même donner de palpitations avant. C'est ce qu'ils veulent, tous les deux, que je retourne avec eux, ils pensent qu'ils m'aiment, tous les deux, ils pensent que m'aimer ça veut dire me trouver belle et sexy et me renfermer entre leurs pattes jusqu'à m'étouffer et me frapper quand ils pensent que j'existe en dehors d'eux, je n'ai jamais été aimée, jamais, peut-être que ça n'existe pas. Toi, Max, as-tu déjà aimé quelqu'un, m'aimerais-tu, moi, si je te le demandais, si je te suppliais ?... S'il te plaît, s'il te plaît, m'emmènerais-tu à la campagne ? Toutes ces années où je suis restée à la campagne, je ne voyais rien, je ne connaissais rien, je lis depuis des semaines un livre du *Reader's Digest* qui montre toutes les choses vivantes qui sont dans les bois et je ne les ai jamais regardées, il y a des plantes sans chlorophylle que j'appelais des chandelles et qui s'appellent en réalité des monotropes uniflores et les chanterelles poussent sous les sapins et sentent l'abricot il paraît et il y a plein de troglodytes des forêts au lac Désert qui font seize trilles à la seconde et je n'ai jamais pris le temps d'écouter comment ils chantent bien, j'ai tout raté ça, Max, j'ai tout raté il faut que je recommence, emmène-moi rester à la campagne emmène-moi loin de lui parmi des choses qui sont tellement belles que la beauté des femmes c'est de la crotte à côté, s'il te plaît, Max, je t'en supplie...

Je suis de nouveau là, devant sa fenêtre, mais j'ai peine à être seul avec elle. J'ai repoussé les toiles et les esquisses loin de ma table de travail mais ce n'est pas suffisant, les têtes fauves de Maggie, les torses vulnérables de Julius Einhorne, les mains de Pauline s'accrochent à moi par derrière, me crient des noms si je ne me retourne pas. Comment être heureux en silence quand toutes ces détresses se font glapissantes dans mon dos ? La voix de Lady est triste et désenchantée au téléphone, tu n'es pas là, dit-elle, pas là complètement, sois avec moi, si tu tiens à moi sois très fort avec moi. Et peu à peu je les oublie, ceux-là qui se sont ouverts à mes pieds jusqu'à ne plus pouvoir se refermer, je les oublie comme on oublie tranquillement des morts, clos pour un temps à tout ce qui n'est pas elle devant moi.

Où en étais-je, demande-t-elle d'une voix titubante qui appréhende les réponses, oui, j'en suis au moment où il lui demande, il lui demande, sincèrement Max je crois qu'il s'agit là d'une partie un peu déficiente et à retravailler peut-être pourrais-je la sauter, tu ne veux pas, et pourquoi Djisus tu ne veux pas ? après tout c'est mon histoire c'est moi l'auteure et la lectrice de surcroît, tu fais exprès de t'intéresser à de l'inintéressant, mais bon, très bien tant pis tu l'auras voulu, je lis :
LUI : Où tu vas ?
ELLE : Bonne nuit.
LUI : Où tu vas quand tu raccroches ?
ELLE : Je m'en vais me faire voler ma journée.

LUI : Tu travailles où ?

ELLE : Il y a des choses bien pires que le travail.

LUI : Où tu vas ?

ELLE : Je vais dans une maison, j'ouvre la porte et je la referme, et ça y est, je suis ailleurs.

LUI : Tu vis avec quelqu'un ?...

ELLE : Je pourrais te répondre n'importe quoi. Oui. Non.

LUI : Si tu ne réponds pas, tout ça ne vaut pas la peine. Ne rappelle pas. Restons-en là, chacun avec nos secrets impénétrables.

ELLE : Oui.

LUI : Tu restes avec quelqu'un ?

ELLE : Oui.

LUI : Parle-moi de lui.

ELLE : Non.

LUI : Décris-le.

ELLE : Il a. Il est. C'est un mari.

LUI : Est-ce que tu l'aimes ?

ELLE : Quelle drôle de question.

LUI : Lui, il t'aime ?

ELLE : L'amour. Il n'est pas question d'amour, il est question de sortir le rôti du four et de déboucher les bouteilles de Saint-Émilion et de planifier les repas de la fin de semaine pour savoir si l'on doit acheter du blanc ou du rouge et qui on doit inviter, et penser aux prochaines vacances aux îles Seychelles ou en Californie, et dormir par moments, avec des pilules, après avoir feuilleté le *TV Hebdo* et *L'actualité* et commenté les mensonges des premiers ministres et les finances des pays...

LUI : Tu pleures.

ELLE : Il est question de ne jamais jamais jamais manquer de rien, sauf du principal peut-être, mais on ne sait plus ce qui est le principal après un moment, les huîtres le homard la grande maison les litchis frais ou la chaleur humaine, on ne sait plus...

Elle ne lit plus. Elle s'est un peu détournée de la fenêtre, je vois son menton et ses lèvres qui tremblent, ses paupières crispées dans l'effort de tout sceller en dedans, dans la nuit honteuse. Et il me vient pour elle à cet instant précis une immense vague de tendresse et de compassion, ma pauvre petite Lady et ses cachotteries puériles, ma pauvre délinquante petite fille emprisonnée dans la respectabilité. Ce n'est pas grave, je lui dis doucement, ce n'est pas grave puisqu'au moins elle est aimée, cet homme son mari l'aime assez pour la laisser vivre, il l'aime assez pour lui permettre de passer toutes ses nuits ailleurs, à écrire ou à forniquer, il l'aime tellement qu'il ose se persuader qu'elle ne fait qu'écrire toute la nuit et qu'elle reviendra immuablement chaque matin — et il a raison, puisqu'elle revient.

Elle ouvre les yeux et me tend son regard violet comme une abdication lasse, ce n'est pas ça, murmure-t-elle, ce n'est pas ça du tout, ce mari-là travaille dans la haute finance et voyage sans arrêt, elle ne va la nuit dans sa petite chambre louée que lorsqu'il se trouve à Los Angeles ou à Toronto et elle revient dans la grande maison le jour pour être là quand il appelle, pour être là en bon fauteuil en poêle hypocrite et répondre Hi Honey comme dans les films américains de série B. Tu vois bien, dit-elle la voix tremblante, tu vois bien qu'il faut que je réécrive que je repense toute cette partie, il faut que je change son personnage à elle, ce n'est pas dramatiquement viable, tu le vois bien, cette femme qu'on imagine folle et pure et crevant artistiquement de faim et qui n'a en réalité qu'à puiser dans les poches d'un autre pour y trouver l'argent la maison les voyages le foie gras, on appelle ça de la prostitution institutionnelle, de la poulerie maritale, ce n'est pas crédible que LUI au téléphone puisse l'aimer une fois qu'il découvre qu'elle est veule égoïste apeurée, qu'elle n'est même pas capable de vouloir des enfants ou de vouloir être seule, il faut que je réécrive tout ça, personne ne peut descendre aussi bas, personne ne peut aimer quelqu'un d'aérien qui s'est laissé choir de si haut, personne.

Elle pleure. Les mots, maintenant, devraient être trouvés d'urgence, ceux qui la consoleraient de l'inconsolable, mais comment les trouver et les dire, moi que l'habitude d'écouter a rendu aphone ? Elle pleure, Lady si forte qui m'a arraché des pans de corps, elle pleure et cela m'est tellement intolérable que je ferre les mots comme un pêcheur d'élite, je les décroche pour elle où qu'ils se terrent dans l'obscurité. Bien sûr qu'il va t'aimer quand même, je lui dis, bien sûr qu'il t'aime, lui que tu es venue décrocher de sa léthargie de plâtre, lui à qui tu as redonné le mou-vement perpétuel, bien entendu qu'il t'aime et qu'il se crisse de tes maris rembourrés de dollars, pourquoi t'en voudrait-il de tes mensonges ou de tes réalités, lui qui est encore plus menteur que toi ?...

Elle regarde longuement dans ma direction, comme pour percer l'écran de toile qui m'isole d'elle. Un sourire vague renaît sur ses lèvres. Silence. Comme ça, dit-elle, lui aussi, peut-être, lui aussi il aurait ses petits secrets, tiens tiens je ne l'imaginais pas comme ça, le salopard. Elle me fait une grimace horrible, soudain, elle dit : tu me vois, je sais que tu

me vois. Je ne proteste pas, alors elle se penche davantage, le visage tendu suppliant vers moi, parle-m'en,
chuchote-t-elle, oh s'il te plaît, Long Man, parle-moi
de tes mensonges...

Des pas dans le corridor s'approchent et se taisent
devant ma porte, repartent effrayés, puis reviennent et
restent là, attendant que la banqueroute les éperonne
tout à fait jusqu'à moi. Lady entend mon silence, puis
la porte qui s'ouvre derrière nous et elle se lève,
rageuse, fulminante, elle me menace du poing. Quelqu'un vient d'entrer chez toi, rugit-elle, il y a encore
quelqu'un chez toi, en pleine nuit, c'est insensé, jette-
les dehors, for Christ's sake, ferme l'auberge une fois
pour toutes, comment veux-tu qu'on arrive enfin
quelque part ?...

Laurel est resté dans l'embrasure de la porte,
entre ses deux valises. Il a un air craintif de petit vieux
ou de clochard, prêt à déguerpir à la moindre alerte,
mais se mourant du besoin de rester. Je dis à Lady de
me rappeler dans une heure ou deux, et je serai à elle
pour tous les dénouements qu'elle voudra. Avant de
raccrocher, elle dit fuck et Djisus mais surtout à plus
tard.

— Je les pose ici, pas longtemps. Je me sens plus
les bras. As-tu quelque chose à fumer ? Y avait plus de
dealers sur la rue. Je m'assis ici, pas longtemps. As-tu
quelque chose à boire ? C'est tout ce que t'as ?
Demande-moi rien, regarde-moi pas. Demande-moi
pas ce que je fais dehors à cette heure-là, demande-
moi rien. Les veux-tu, les valises ? Je te les donne,
avec ce qu'il y a dedans. Je les veux plus. C'est trop
pesant. Ça fait trop dur. Un gars qui marche, les

valises à terre, pis qui arrive nulle part. J'ai marché en sacre. T'es chanceux. Au moins tu marches plus pour rien. As-tu de la musique ? Sacre, t'as rien. Comment on va faire ? Comment on va faire pour pas péter ? On peut se raconter des histoires. J'en connais des bonnes. L'histoire du gars qui dit à son chum, qui dit qui dit, non l'autre, avec les marsouins. Une fois c'est un marsouin qui veut coucher avec une baleine. La baleine veut pas. Cétacé, qu'elle dit, va phoquer ailleurs. La comprends-tu ? Ben, ris. Sacrement, Max, ris. Je te dois vingt piasses. T'en souviens-tu ? Les v'là. C'était l'argent du taxi. J'ai gardé l'argent, j'ai crissé là le taxi. Une autre histoire. Une fois, c'est un gars qui arrive avec ses valises. Chez sa mère. Je t'avertis, elle est platte. Ben ben ben platte. La mère veut pas. Cétacé, qu'elle dit, va phoquer ailleurs. On rit, O.K. ? Un deux trois go. Ah Ah AH. Tu la comprends pas. Moi non plus. C'est pas une raison. As-tu de la colle ? On pourrait sniffer de la colle. J'ai vu ça dans un film québécois. Qu'elle m'a fait écouter. C'était ben ben ben bon. Le ti-gars sniffe de la colle. J'ai moins aimé la passe du chat, mais en tout cas. Le ti-gars veut coucher avec le chat. Le chat veut pas. Cétacé, qu'il dit, va phoquer... Max. Max, MAX. Comment t'as fait ? Comment on fait pour recevoir des briques sur la tête pis pas broncher ? J'ai braillé. Tout le long, en marchant, avec les sacres de valises pesantes. Maintenant, c'est fini. Je braillerai plus jamais. De ma vie. Je vais aller dans sa grande maison, pis je vais crisser le feu. Son mari était là. Un English. Il a rien compris. Il savait même pas que j'existais. Elle veut pas. Je sais plus ce qu'elle m'a baragouiné, je l'entendais plus. Elle veut pas. Elle est trop occupée, elle est pas assez libre, elle est trop pas assez je sais plus quoi. Plus tard, elle a dit. Plus tard, quand elle sera morte, et que je serai p'tit vieux. Elle veut bien me voir un tout petit peu, par-ci par-là, les fins de semaine de temps en temps, mais tout le temps, ayoye, es-tu malade, es-tu tombé sur la tête ? Au secours, le monstre. Le monstre débarque. Elle m'a donné vingt piasses, elle m'a embarqué dans un taxi. Reviens demain, elle a dit. Sans tes valises, j'ai bien compris. On mangera. Les trois ensemble. Qu'elle crève. Un jour, ça me fera plus rien. Je suis sûr que ça me fera plus rien. Ça fera une joke, une joke de plus. C'est en attendant que c'est rough. C'est juste en attendant. Un jour, quand elle va être vieille, je vais aller la faire brailler. La vieille sacre. Elle sera jamais vieille. Me semble que je vais être vieux avant elle. Comment je vais faire, maintenant, pour devenir ce que je suis ? Y a toute une partie de moi cachée, je le sais, qui sortira jamais. C'est juste avec elle que ça sortait. Je veux pas retourner chez Pauline. As-tu d'autre chose à boire ? Sacre, t'as rien. T'es mon chum, Max, une chance que t'es mon chum. Dis-moi que demain ça me fera plus rien. Mets ton bras sur mes épaules, comme quand j'étais petit. Maintenant, c'est toi qui es plus petit que moi.

Elle est revenue. Assez tard pour que je puisse croire qu'elle ne reviendrait pas, petite vengeance grise. Sont-ils, est-il t-elle lui ou elle parti-e-s, s'informe-t-elle avec humeur, ou bien sont-ils, il elle eux campés dans le salon ?

Nous sommes seuls, je lui dis — ce qui est presque vrai, comme toutes les vérités sociales. Laurel dort sur le sofa.

Je n'ai plus envie de lire, dit-elle. Pourquoi je livrerais les meilleurs morceaux de mon âme, le filet mignon de mon ipséité, à quelqu'un qui peint du monde tout nu à cœur de jour et de nuit ? D'ailleurs, ai-je vu, moi, a-t-on daigné me montrer ne serait-ce que le cadre en bois d'une de ces z'œuvrettes ?... C'est à ton tour de te déshabiller, Bébé.

J'entends crépiter les étincelles ironiques de la Lady heureuse, redevenue mystérieusement heureuse en pleine fin de nuit macabre de décembre. Je la regarde. Elle est habillée de rouge, comme l'incendiaire qu'elle est. Elle a, mon Dieu, elle a remis ses cheveux d'avant, une toison moutonnante qui lui descend à perte de vue dans le dos. Je m'éloigne de la fenêtre, soufflé. Depuis quand fabrique-t-on des perruques avec les cheveux vivants des fantômes ?

Je m'intéresse à la peinture, dit-elle, ce n'est pas parce qu'on scribouille que fatalement on est aveugle, peut-être pourrais-je te prendre des tableaux, te trouver des acheteurs richissimes, sait-on jamais, montre, montre-m'en au moins un, come on, je t'ai bien montré mes fesses, sois fair-play salopard de merde.

Je lui glisse une tête de Maggie derrière le rideau, une de ses têtes les plus achevées, ruisselante de jaunes et d'ocre, misérablement éteinte par l'obscurité maintenant, tu ne verras rien, lui dis-je, ça prend une lumière directe ou des yeux de nyctalope, mais tiens, ça te fermera au moins le clapet. Un temps, bref. La flamme d'une lampe de poche mord aussitôt ma fenêtre, et elle rit triomphalement, puis elle se tait un long moment, la lumière braquée sur ma toile, et je me surprends à attendre le verdict avec angoisse, à désirer très fort qu'elle aime ce que je fais, ce que je suis.

Oui, dit-elle, OUI, je le savais, ça te ressemble, c'est toi, je savais que tu avais tout cela, toute cette énergie brûlante et dépensière qui gicle et qui fait mal aux yeux, donne-la-moi, celle-là ou une autre, je veux quelque chose de toi, je veux commencer une collection de toiles qui brûlent les yeux, celle-là sera la première, non, la deuxième, j'ai déjà acheté quelque chose à quelqu'un, quelque chose qui ressemble à de l'expressionnisme abstrait et que j'aime beaucoup, je l'ai ici, je te la montre si tu veux, si tu daignes jeter un regard à travers ta cochonnerie de muraille de Chine, regarde, dis-moi ce que tu en penses.

Elle éteint tout, elle disparaît un moment, elle revient, elle se campe devant la fenêtre avec une petite toile plaquée contre sa poitrine, elle attend, immobile comme une mise en scène sous les feux de la lampe de poche.

Après un moment, elle s'impatiente parce que je ne parle pas, et puis ? dit-elle, ET PUIS ? crie-t-elle, et j'arrive à lâcher quelques mots malgré moi, je dis : c'est bien, deux fois, c'est bien, c'est tout ce que j'arrive à dire.

Vous êtes tous pareils, ricane-t-elle, « c'est bien », vous êtes tous mesquins jaloux et narcissiques à l'os, les artistes, incapables d'apprécier le travail des autres, « c'est bien », franchement, Max, franchement, vraiment !...

J'essaie de comprendre ce que je vois. Ce que je vois est une tourmente de couleurs infiniment familière, dans laquelle s'est faufilé un blanc ayant la forme vague d'un corps. Je vois la toile que j'ai donnée à Laurel. C'est tout ce qu'il y a à voir. Cette toile est là, dans les bras de Lady, et Laurel dort à côté de moi, si près de la toile qu'il a donnée à son authentique, biologique, mythique, mère.

Qu'y a-t-il, Max ? dit Lady en laissant retomber la toile hors champ, que se passe-t-il, qu'est-ce que tu as à te taire, c'est à cause, c'est à cause de mes cheveux, peut-être, tu n'aimes pas mes cheveux ?...

Elle tente de percer l'obscurité de ma fenêtre de toutes ses forces, tout de suite anxieuse et vulnérable, les cheveux faux moutonnant avec innocence jusqu'à la taille, dans le regard une limpidité au-dessus de tout soupçon.

Ce n'est qu'un peu de fatigue, je lui dis doucement, mais la toile est très bien, tes cheveux sont très bien, je pensais tout à coup à ton histoire, au dénouement de ton histoire, il me semble qu'à la fin, il n'y a qu'une issue possible et crédible, il a envie de la voir, ils ont envie soudain de se voir et de se rencontrer pour de vrai, de se parler les masques bas, tant pis pour les passions extraordinaires, ils ont envie et désespérément besoin d'un peu de vérité ordinaire.

Elle est si immobile, si calme maintenant, qu'elle ressemble à un dessin que j'aurais fait d'elle, dix-huit ans auparavant. Crois-tu, demande-t-elle faiblement, crois-tu vraiment ?

Oui, je dis. Attends-moi, ne bouge pas. Quand, dit-elle, que veux-tu dire, que fais-tu ?

J'arrive.

PORTRAIT DE FUITES EN ÉGYPTE

Nous sortons. Il y a si longtemps que nous ne sommes sortis ensemble, Fidèle Rossinante et moi, qu'une certaine gaucherie nous ralentit et nous fait grincer des articulations. Peut-être aurions-nous dû pour l'événement nous astiquer davantage l'épiderme et le nickel, mais tant pis, elle nous prendra tels que nous sommes, tachetés de rouille et de peinture, hallucinants de réalisme prolétarien. Pot Turquoise est aussi du voyage, car on n'a jamais trop d'alliés pour entreprendre une expédition dans le périlleux univers. Le corridor s'éclaire triomphalement sur notre passage. Julienne apparaît aussitôt dans l'embrasure de sa porte, la robe de chambre entrouverte sur un fouillis de tissus et de chairs surpris dans leur sommeil. Je la salue sans m'arrêter, courtois comme une duchesse du Carnaval sur son char allégorique, mais elle exige davantage, elle veut une halte complète, un autographe, un baisemain, qui sait.

— Où vas-tu ? demande-t-elle. Dehors, tu es fou, comment vas-tu faire, DEHORS ! attends, attends-moi !...

Le corridor est si long avant de s'ouvrir sur une issue, tant de révolutions de roues et d'impulsions de bras seront nécessaires pour me jeter dans la gueule noire du monte-charge que je doute tout à coup d'y parvenir jamais, une ombre surgira en sanglotant au travers de mon chemin, des téléphones paniqués sonneront leurs SOS incontournables, quelqu'un fatalement retiendra Rossinante par le mors et je ne pourrai plus bouger. Je sens les mains de Julienne, dans mon dos, qui veulent m'agripper par les poignées de ma chaise telle une chose, une valise, une desserte, mais je me débats sous la manipulation, c'est la révolte des objets manufacturés, je sprinte, les deux mains féroces sur les roues de Rossinante, les épaules à demi disloquées, bolide dément dans le corridor, et Julienne me suit d'abord en courant puis elle abandonne, essoufflée, ahanante, cardiaque, peut-être écroulée par terre, je sprinte vers la sortie sans me retourner comme un médaillé gonflé de stéroïdes et d'égoïsme anabolisants.

Le monte-charge est là, béant déjà derrière le treillis. Bien sûr, ce n'est pas facile, manœuvrer tout cela et Rossinante du bon côté de la plate-forme, commander à des filins et des poulies habitués à obéir à bien plus élevé que moi, ce n'est pas facile mais je pressens que ce n'est encore rien. Je pense à elle très fort tandis que je descends, les yeux ouverts comme s'ils étaient fermés dans cette noirceur bringuebalante peuplée de gémissements de métal et de hoquets mécaniques, et tout me semble cohérent : cette plate-forme sinistre est une antichambre à sa mesure, il faut traverser le Styx pour accéder à des rives hospitalières, des ergs déshydratés pour atteindre l'oasis, tout se paie à l'avance toujours. Je paie depuis si longtemps. Quelle récompense fabuleuse m'échoira donc de l'autre côté de ces ténèbres ?...

L'odeur de la vie m'accueille bien avant la lumière, et je me rappelle que la vie pue, surtout lorsqu'elle reste longtemps immobile. Nous contournons des poubelles, les mêmes que la dernière fois, avec peut-être les mêmes déchets à l'intérieur, qui attendent patiemment le printemps pour compléter leur cycle de décomposition. Nous sortons. Nous sommes dehors, Rossinante et moi, dans le dehors unique et collectif, là où les parfums des hommes se mélangent et luttent pour la suprématie.

Le temps est aussi blanc que le jour. Il est tôt, six heures du matin peut-être. Il fait humide comme dans un entrepôt frigorifié. Le ciel ne se rend pas jusqu'ici, peut-être n'existe-t-il plus, n'a-t-il toujours été qu'une invention de Christo, une toile frelatée à l'usage des habitants des gratte-ciel. Les roues de Rossinante avancent sur le trottoir lustré en faisant un bruit de patins mal aiguisés. Je sens une douleur étrange et asphyxiante, celle du poisson qu'on lance dans le bateau, du chiot qu'on immerge dans l'eau vive. Que croyais-tu trouver en bas, pauvre troglodyte des hauteurs ? Des coquelicots croissant sur la glace des trottoirs ?... Des hommes-grenouilles valsant langoureusement avec des sirènes ?... Une meute de *cheer leaders* à pompons venues t'applaudir ?...

Elle, bien sûr, te tendant son sourire comme un bouquet solaire ?

Un camion fantôme passe en trombe boulevard Saint-Laurent, ne ralentissant pas aux feux de circulation. Deux silhouettes nébuleuses, près de Marie-Anne, avancent ou s'éloignent à tout jamais. Et c'est tout. Je m'achemine sans témoins vers cette maison derrière, située vraisemblablement rue Clark, la seule dans les parages à rivaliser de hauteur et de disgrâce avec la mienne.

Je ne sais ce que j'arriverai à sortir de moi, à prendre d'elle, s'il y aura des morts et des vainqueurs, quels seraient en ce moment les sentiments appropriés. Il faut prendre les choses dans l'ordre existentiel où elles se présentent : d'abord l'entrée qui s'abouche heureusement à hauteur humaine, puis la porte qui s'ouvre malencontreusement vers l'extérieur, lutter contre la porte et la mater, ensuite le vestibule, coquet malgré tout avec ses fleurs de plastique en pot, et finalement les ascenseurs, trouver les ascenseurs.

Il n'y a pas d'ascenseur.

Pas d'ascenseur, nulle part. Que des escaliers, qui déploient jusqu'à elle leur vol asymétrique et tournoyant, et moi à leurs pieds, trop imbécile pour voler, flamant rose inepte planté dans un parterre de banlieue, parmi des fleurs de plastique.

Je compte les marches de l'escalier, celles qui s'étalent jusqu'au coude du premier palier : il y en a vingt-trois, toutes recouvertes d'un caoutchouc gris souillé par les intempéries. Je les recompte plusieurs fois, à l'endroit à l'envers, pour donner à un miracle le temps de survenir. Au bout d'un moment, lorsque leur nombre se met à fluctuer jusqu'à vingt-six, j'entends quelqu'un fermer une porte à l'étage au-dessus et descendre vers moi.

C'est un homme lourd dans la cinquantaine avancée, en parka et bottes de travail, boîte à lunch à la main. Il porte des lunettes rondes, qui font très intellectuel maoïste allant aux champs pour la patrie. Il descend vite, en homme qui connaît par cœur les itinéraires et les obstacles à franchir. Il stoppe net en me voyant, moi qui suis nouveau sur son parcours, il me considère un moment par-dessus ses lunettes rondes et il me salue brièvement, il me dépasse puis il revient sur ses pas. Il nous regarde à tour de rôle, les escaliers, Fidèle Rossinante et moi, et quelque chose dans cette juxtaposition hétéroclite le tracasse, visiblement.

— ... Z'attendez quelqu'un ?

— C'est quelqu'un qui m'attend. Au sixième.

J'ajoute : « Une femme », pour l'intensité dramatique et la vérité. Il cligne des yeux, à plusieurs reprises ; du petit doigt, dans un geste surprenant et gracieux, il monte sur son nez ses lunettes qui dérapent.

— ... Voulez aller au sixième ?

Je dis oui. Il se déleste de son parka et de sa boîte à lunch, il grimpe les escaliers. Je l'entends ouvrir une porte au premier, parlementer. Il revient avec un adolescent au teint brouillé et aux yeux somnolant semblablement sous des lunettes rondes, et voilà que ces deux inconnus absolus empoignent sans plus de cérémonie les pieds et la tête de Rossinante et me hissent marche à marche, larguant là leur sommeil, leur boîte à lunch, leur horaire serré dans cette vie si courte pour palanquer jusqu'au sixième étage un fardeau humain qui ne leur est rien. Personne ne parle, sauf l'homme qui dit « Stéphane ! » de temps à autre, pour signifier qu'il faut s'arrêter un moment, ou prendre des précautions en arrivant au tournant, « Stéphane » simplement, d'une voix étale, un peu essoufflée, à la patience infinie, et Stéphane ralentit, ou s'immobilise, ou redresse du même geste gracieux que son père la monture qui glisse sur son nez. Et c'est à ce moment, transbahuté dans les limbes de l'escalier entre ce père et ce fils aux mouvements si accordés, qu'il me vient une colère aiguë contre elle, la briseuse d'alliances, la spécialiste en fugues lâches, la saltimbanque infantile, et je touille à l'intérieur mon ressentiment qui gonfle à chaque marche, menteuse, voleuse de postérité, éparpilleuse de chromosomes, et je fuis le visage de Laurel endormi épuisé sur mon sofa, pauvre pauvre ti-cul spolié dans ton arbre généalogique et tes racines, comment savoir à qui tu n'es pas, de quel abominable patrimoine génétique tu es issu ?... De cette endive inconnue prénommée Jerry et évanouie dans la purée américaine ?... De Purple ou de moi, à qui tu ne ressembles en rien, mais avec qui il ne suffirait que d'un peu de bonne volonté pour dénicher des similitudes ?... Et en pensée je surgis chez elle dans ma chaise à porteurs et je l'empoigne par ses épaules frêles, je l'insulte et je la gifle et je la tue peut-être, mais avant tout je la regarde suffisamment pour être perdu, pour la voir dans son innocence invétérée, son apesanteur chronique à laquelle aucune culpabilité ne peut adhérer, et je l'embrasse, finalement, je ne fais que l'embrasser et la serrer contre moi pour l'empêcher de s'envoler comme un mirage.

Une fois, on s'embrassait, Lady dans son corps gracieux d'adolescente éternelle et son sourire entièrement pour moi à cet instant, on s'embrassait et on parlait en même temps en affamés qui ne veulent rien perdre, de la lumière vivante coulait dans ses cheveux et ses mains étaient refermées sur moi comme sur une arrivée définitive, empêche-moi murmurait-elle, empêche-moi donc de vieillir.

Au quatrième palier, je dis au père de Stéphane et à Stéphane de me poser. Je sais soudain qu'il n'y aura personne là-haut, il est impossible qu'elle soit restée là tranquillement à attendre que je vienne la

216

faire dégringoler vers le sol. Ils reprennent leur souffle, ils échangent en rase-mottes des regards perplexes au-dessus de leurs lunettes rondes. L'homme n'a qu'à lever légèrement les sourcils vers le palier supérieur pour que Stéphane grimpe les escaliers en éclaireur. Nous attendons, l'homme et moi, sans rien tenter pour faire naître un sujet de conversation. Il m'offre une cigarette, je l'accepte pour lui faciliter le silence. Ses mains sont puissantes et calleuses, et je les contemple tout ce temps que Stéphane est seul là-haut à marcher chez elle, à respirer son odeur qui s'évanouit un peu plus chaque minute et à frôler l'espace qu'elle a comblé et que je sais qu'elle ne comblera plus, et j'imagine pour tasser l'angoisse tout ce que ces mains vaillantes, ces vraies mains de père font et touchent dans une journée, le bois, le métal, le ciment, les choses inertes de la vie qu'il leur faut modeler, disci-pliner sans trêve pour les hisser à la dimension humaine. Puis le fils de ce père revient, et ses yeux fuient les miens en pure perte car tout ce qu'il va dire me semble déjà familier, comme la réminiscence d'un savoir très ancien. Sa porte demeurée entrouverte, les lumières allumées dans la chambre parsemée de traces encore chaudes, un foulard par terre, une assiette sale dans l'évier, les indices incriminants d'un départ précipité, d'une fuite en catastrophe, je sais tout cela avant qu'il ne l'annonce. Et pas de mot, bien sûr, rien pour moi, pour nous restés derrière, pas de note grif-fonnée à même une vieille enveloppe ou une serviette de table et laissée en évidence pour dire : désolée adieu va chier à bientôt je vous ai tant aimé.

Je ne sais comment les remercier. C'est ce que je leur dis : je ne sais comment vous remercier. Ils me regardent à la dérobée, subjugués par la cruauté de ce mélodrame dans lequel une fille ose donner rendez-vous à un pauvre estropié, six étages plus haut, et décamper avant qu'il arrive. Ils appréhendent le pire, un éclat, des larmes, mais je cueille placidement à mes pieds Pot Turquoise et je m'excuse d'uriner devant eux. Je leur explique que ça ne peut attendre tandis qu'ils regardent précipitamment ailleurs, je leur explique que l'autonomie vésicale et intestinale dont je jouis constitue un exploit quand on est dans l'état où je suis, la plupart ont des sondes et des sacs dont ils ne se défont jamais, je leur raconte à quel point il m'a été difficile d'obtenir cette petite victoire, d'apprendre à sentir en deçà de l'épiderme, à percevoir le frisson ténu, enfoui dans des profondeurs abyssales, qui précède immédiatement toute expulsion et que les humains entiers trop distraits par les excitations sensorielles fortes ne perçoivent pas, je parle je parle pour entendre le son de ma propre voix dominer le tumulte intérieur, je leur déballe sans pudeur mes mécaniques personnelles comme s'il s'agissait de bielles de moteurs et ils écoutent dans un silence atterré, en regardant désespérément ailleurs.

Boulevard Saint-Laurent, un semblant d'animation point parmi la race automobile, et des gens en attente de transport en commun sont parqués ici et là, les épaules tendues défensivement sous l'humidité. Vus d'en bas, *sotto in sue*, ils ressemblent à des cathédrales grises et désertées, toute ferveur éteinte sous les piliers verticaux. Je roule sans m'arrêter, je passe devant chez moi, emporté par le mouvement perpétuel qui déloge à mesure les pensées stagnantes et les velléités d'immobilisme, mes bras montent et descendent, pistons parfaitement lubrifiés dont j'ai ignoré trop longtemps le potentiel performant. Je roule vers le sud. Malgré l'épuisement du soleil et contre toute apparence, il doit bien y avoir un sud quelque part. Les trottoirs présentent d'avenantes déclivités à chaque coin de rue : tout est prévu pour la libre circulation des handicapés, et je m'étonne que nous ne soyons pas légion à profiter de ces commodités civiques, culs-de-jatte rouli-roulant de par la ville et le petit matin sur nos véhicules proprets, dans des corridors réglementaires que l'on doterait de feux de signalisation, de limites de vitesse et de distributrices d'antidépresseurs. Il faudrait en parler au maire.

Je ne rencontre qu'une autre personne à la mobilité réduite : un clochard qui zigzague sous le poids de l'alcool et qui m'adresse en passant un signe d'intelligence, comme à un des siens.

Les Frères Sakaris, les Bobards, rue Marie-Anne, le parc portugais, rue Vallières, la Caisse d'économie, le Bistro L'plus moche, rue Rachel... La route vers le sud baigne dans un terne hallucinant, une symbiose terreuse qui rentre dans le corps et étale à l'infini ses beige néant, ses gris poubelle, ses brun chiasse. Où sont les outremers éblouissants, les jaune tournesol, les Véronèse à l'éclat d'émeraude, à moi, fantômes de Matisse, de Chagall, de Klimt, au secours, où sont les couleurs qui donnent vie à l'existence ?...

Coin Duluth, le cinéma L'Amour surgit à ma gauche comme une plaisanterie salace, une métaphore dépenaillée qui m'oblige à m'arrêter. Aaah lamourtoujour, lamourlourlour. À Westmount, dans sa grande maison lambrissée où je n'irai pas la relancer, elle boit peut-être un café, qui sait, en lisant *L'actualité* auprès de son Hi Honey. Il commence à tomber une grosse neige poussiéreuse, et je remarque les guirlandes, soudain, les sapins artificiels paralysés dans des

vitrines commerciales, les crèches de plastique. Je vire
à cent quatre-vingts degrés sur le large trottoir. Allons
plutôt au nord, Rossinante ma métallique, ce n'est que
dans le Nord que subsiste la frêle possibilité de rencontrer le père Noël.

Manufactures et devantures aux délavés inter-
changeables, les murs des immeubles glissent de
chaque côté de moi et quelquefois ils parlent, « Québécois debout », disent-ils, « Un pays à bâtir », « Au
secours des Croates », « À bas la dictature en Soma-
lie ». Ce long corridor désertique appartient donc au
monde, il n'y a que moi qui n'en fasse pas partie. Je
porte ma dictature en moi et c'est suffisamment insupportable, je file entre les allégeances politiques extérieures et les corps collectifs, tout seul de mon parti.

La compagnie de lingerie French Maid, le Marché aux puces, les lunettes de Marc Cossette, les
béquilles de Médicus, et des restaurants et des bou-
tiques davantage branchés parce qu'éparpillés dans
tout ce drabe, et le brun le gris comme seuls fils conducteurs sous la neige qui se déverse dru, et tout à
coup près de Saint-Viateur une roue de Rossinante
passe sur quelque chose de pointu et d'agressif et ça
fait un sifflement douloureux avant de dégonfler.

C'est la deuxième crevaison de mon existence,
sans doute en connaîtrai-je d'autres, mais celle-ci me
jette dans un état de haine épouvantable : j'insulte
Rossinante, je la frappe, j'invective l'humanité
entière, je maudirais le ciel si je croyais qu'y languissent vraiment des résidents permanents, j'insulte la
neige et les briques aveugles, et le cheptel bruyant des
automobiles qui foncent vers leur destin mouvant
tandis que m'échoit une fois de plus l'immobilité
catastrophique. Puis je me calme, à court d'anathèmes

et d'énergie. Reprenons-nous, Maxou mon pitou. Retrouvons l'habitude désuète de demander secours à plus debout que nous, plongeons dans l'humiliation du SOS, hélons le quidam ou le chauffeur qui passe, allons, hélons.

Une dame, en courte veste de fourrure écologique rouge, s'en vient à ma rencontre sur des talons qui tanguent un peu dans la neige. Plus elle s'approche, plus je vois qu'elle est jolie et distinguée, et qu'il me serait beaucoup plus aisé de lui offrir un verre de porto que de lui demander assistance. Je la regarde venir et elle me regarde aussi, et quelque chose de chaud et de fluide passe entre elle et moi, un miracle de silence où elle devine ma détresse et la fait sienne, et sans que j'aie rien à dire elle tend la main vers moi, dans son gant de daim rouge peu écologique mais tellement gracieux, elle tend la main vers moi. Elle laisse choir sur moi une pièce de vingt-cinq cents. Et elle s'en va.

Le geste me terrasse.

Un-zéro, madame.

Maxou, pitou, reprenons-nous. Les choses pourraient être pires. Je pourrais me trouver assis sur une chaise électrique plutôt que sur une chaise au pneu crevé. Je pourrais avoir trois jambes eczémateuses au lieu de n'en avoir que deux inertes. Je pourrais être né dans la bande de Gaza ou pire, à Sainte-Foy. Je pourrais avoir un père qui me déteste, un fils qui veut se tuer — peut-être en ai-je un. Je pourrais avoir possédé suffisamment de biens, de millions et de femmes pour me désespérer de les avoir perdus.

Je pourrais être mort.

Il suffirait d'ailleurs de rester là sans bouger, dans l'engourdissement graduel et la neige qui éparpille peu à peu sur moi ses étoiles somnifères, ô la tentation d'être mort et de ne plus jamais rien tenter.

— Aye, toé ! T'as-tu un flat ? T'as un flat ?

La voix provient d'un petit camion jaune sale, une dépanneuse arrêtée à ma hauteur. Par la vitre baissée de la portière, deux hommes me contemplent avec curiosité, un instant, car ils sont aussitôt rappelés à l'ordre dynamique par des coups de klaxons furieux. Le conducteur se penche et agite un large bras d'honneur à l'intention des voitures qui le talonnent, puis il embraye et va agressivement se garer en double file quelques mètres devant. Les deux hommes qui descendent sont petits, râblés, noirauds, plus Portugais que toutes les réclames touristiques peuvent les rêver, et c'est à Fidèle Rossinante qu'ils en ont. Ils en font deux fois le tour, ils lui tapotent à tour de rôle le gras du pneu en échangeant des exclamations réjouies.

— Ça, c'est un beau flat !

Martino et Joaquim Pereira, entre lesquels je voyageai ce matin-là de glaciation intense jusqu'au garage de la rue Coloniale, arc-bouté contre les seins d'une pin-up de papier avachie sur le rétroviseur, enveloppé dans une vieille couverture chaude qui sentait l'essence, jamais je ne vous oublierai. Ni la grosse Ninota jouant aux cartes avec le petit Fidel dans l'arrière-garage, ni le mécanicien Jorge aux yeux si propres et bleus dans le cambouis des joues, ni Pascual qui venait d'embouteiller un rosé imbuvable, ni le chat Pogo, élancé et distant comme un prince de gouttières, ni les posters ensoleillés de Lisbonne et des Açores, plus insolites ici qu'une planète Mars.

Ils m'assoient, ils me déplacent, ils ne s'entendent pas sur le siège le plus digne de me recevoir. Ils m'obligent à manger des arachides au barbecue, un hot-chicken, de la poutine, des pâtisseries aux œufs. Ils me font boire du vin chaud à la cannelle qui me rend saoul après deux verres. Ils me prêtent des vêtements secs, ils vont sécher les miens dans leur maison en face du garage. Quelqu'un me masse les épaules, un autre hurle de me ficher la paix, ils s'engueulent en portugais en me montrant d'un doigt malpoli. Ils gonflent les pneus de Rossinante, ils nous colmatent, nous lubrifient. Ils brisent l'embâcle déjà miné par père et fils Stéphane, pourquoi me font-ils ça eux qui ne m'aiment pas, ils piochent la glace à coups d'humanité et voilà que ça fond, voilà que je pleure, fauché par leur fraternité comme par une balle perdue.

Ils consentent finalement à me reconduire où ils m'ont cueilli, coin Saint-Viateur. J'ai besoin de marcher un peu avant de rentrer, c'est ce que je leur dis sans rire.

La neige se crispe sous les pneus rutilants de Rossinante, l'air se fraie un passage polaire jusqu'au chaud des os, mais nous avançons constamment. Je pense soudain au docteur Pérusse laissant tomber sur mon seuil ses sarcasmes mystères et je l'apostrophe, regarde donc, docte Pérusse, vois comme je suis descendu de mon socle roide et immobile, vieux débris, regarde comme j'avance, prophète de catastrophe. Devant moi, un rayon de soleil échappé des nimbus va balayer un instant les pans de briques humides, et tout à coup je la vois. Ma couleur.

Brun sombre mouillé par du rouge. Terre de cassel. C'est la chaleur de la terre qui fermente, le contraste enrichi de l'encre sur le papier, c'est la laideur devenue beauté subjective, la couleur dont les corps ont besoin pour s'arracher au limon et commencer à vivre. Deux parts de brun, une part de vermillon, une touche de blanc. Terre de cassel.

Boulevard Saint-Laurent, je ferme les yeux et je donne vie à des corps qui se lèvent, je vois des vivants terre de cassel qui s'allument partout où la noirceur est à combattre. Je suis vivant.

PORTRAIT
DE GÉRALD MORTIMER

Julius Einhorne est le premier à se buter à la porte verrouillée. Je l'entends respirer fort dans le corridor, malmener la poignée, ne pas comprendre. « Maximilian ?... It's me. Are you sleeping ?... Maximilian !... » Il tambourine sur la porte. Il attend. Il s'éloigne, entraînant avec lui les geignements de la tuile usée. Le plus difficile est lorsqu'il revient quelques secondes plus tard et que sa voix monte, pleine de ratés et de déchirures. « HELP ME !... Please !... oh, God. Maximilian. J'ai pris la petite, la petite Alice, je l'ai emmenée, enfermée chez moi, MAXIMILIAN !... Elle pleure, elle veut s'en aller, so I locked her in the bathroom, qu'est-ce que je fais, Maximilian, qu'est-ce que je fais, maintenant ? Si elle s'en va, c'est la police, c'est la prison pour moi, what I'm gonna do ? je n'ai rien fait de mal, oh God, help me... »

Il a un court sanglot, plus dévastateur que le reste. Je ne réponds pas.

Un peu plus tard, les pas précipités de Pauline viennent aboutir à ma porte. Elle frappe doucement, sans relâche, convaincue qu'il y a un réveil pour chaque chose qui dort. « C'est moi, c'est Pauline. Ouvre, Max. Ouvre. Il est revenu. Il est revenu, Max !... Il ne m'a pas dit un mot, mais je m'en fous, IL EST REVENU ! Ouvre-moi !... Dors-tu ?... » Elle frappe plus fort, incrédule, et je l'entends qui soliloque à voix basse un moment avant de lâcher plus haut, comme par acquit de conscience : « Je vais revenir ».

Je ne réponds pas non plus lorsque le souffle de Maggie vient lécher les montants de ma porte et trouer le silence de soupirs qui mettent la mort dans l'âme, même si elle s'assoit dans le corridor à même la tuile froide et insalubre et répète mon nom comme un mantra offensé : « Max !... Pourquoi tu n'es pas là ?... Max !... Je n'arrive pas à me passer de lui. Max... »

Toute la journée ainsi, sourd aux appels téléphoniques et aux va-et-vient pressants dans le noir, et à la fin je les entends qui se croisent et parlent de moi entre eux : « Il n'est pas là, dit Maggie, je reste ici à l'attendre », et la voix de Laurel, brutale comme un soufflet : « Mais oui, il est là ! Je l'ai vu ce matin, il m'a dit qu'il voulait être seul, sacre, c'est sûr qu'il est là ! » « But he'd answer the door for me, he's my friend », dit Julius, « Qu'est-ce qu'il dit ? » dit Laurel, et Maggie recommence à frapper, excessivement patiente comme seule une femme sait l'être : « Es-tu là, Max, réponds, es-tu là ?... »

Puis Julienne surgit dans le corridor.

— Laissez-moi passer, dit-elle, qu'est-ce que c'est, qu'est-ce que vous faites ici, qu'est-ce que vous lui voulez, il est sorti sans doute, il a bien le droit de sortir, encore hier il est sorti, s'il était là il répondrait, à moi en tout cas il répondrait, OUVRE, C'EST MAMAN, C'EST MAMAN, MON GARÇON, vous voyez bien qu'il n'est pas là.

— Il est là !... dit Pauline paniquée, le souffle éteint par la course, il est là, j'arrive de dehors, je l'ai aperçu dans la fenêtre, il se tenait immobile, tout drôle... Pourquoi il ne répond pas ?

— Il est peut-être malade, dit Maggie.

— C'est vrai que ce matin il avait l'air drôle, dit Laurel.

— Comment, drôle ?

— Je ne sais pas. Drôle.

— Il t'a parlé, le presse Pauline, qu'est-ce qu'il t'a dit ?

— Mais sacre-moi la paix, est-ce que je sais ? « Je veux être seul », quelque chose comme ça...

— Oh, God, soupire Julius.

— OUVRE, MON GARÇON, M'ENTENDS-TU ?... OUVRE À TA MÈRE, crie Julienne.

— Mon Dieu, dit Pauline, mon Dieu, il se tenait les yeux baissés, comme affaissé, et près très très près de la fenêtre, comme si... comme s'il voulait...

Un grand silence se fait dans le corridor, puis des souffles montent et descendent, des respirations difficiles qui cherchent l'air.

— NON ! hurle Julienne.

— We gotta get inside, dit Julius. Let's open that fucking door !

— Doucement, dit Pauline, il faut agir doucement, il ne faut pas le brusquer. Les gens qui veulent se... ne doivent surtout pas être brusqués.

— Ne fais pas ça, MON PETIT, MON PETIT GARÇON, ne fais pas ça ! sanglote Julienne en martelant la porte.

— Max, supplie Maggie, je t'aime, Max, je suis là...

— Max, dit Laurel, laisse-moi entrer, c'est moi, laisse-moi entrer, juste moi...

— Ne bouge pas, Max, ne fais rien, dit Pauline, prends de grandes respirations et ne fais rien, je te jure qu'il y a des solutions pour tout...

— Don't do that, dit Julius Einhorne, vous n'avez pas le droit my friend, what I'm gonna do, the only friend that I have, what I'm gonna do ?

Et cela monte, un crescendo de désespoir et de lamentations qui vient ébranler le cœur même des matériaux pourris de cet immeuble bancal, et les blattes se terrent terrifiées dans les interstices de leurs abris antihumanitaires et les mânes des ancêtres qui rôdent au sein des édifices déserts retournent se réfugier en enfer, et la terre au-dessous de nous menace de se fendre comme une coque épuisée, mais tout à coup surgit quelqu'un qui dit : « Qu'est-ce que c'est que ce christ de cirque ! » avant de fendre résolument le chœur des gémissants et foncer dans la porte close, la mettant en pièces.

Gérald Mortimer atterrit dans mon salon.

Il me voit. Je suis là-haut dans l'atelier près des fenêtres, combattant au milieu des toiles décimées et victorieuses, les couleurs giclant autour dans une hémorragie débordante. Il est terriblement soulagé de me voir.

— Eh bien eh bien, grommelle-t-il. En voilà des manières. On s'éclate tout seul dans son petit château, et on laisse moisir les manants dehors ?...

Et comme je ne réponds ni ne lève la tête, il se retourne vers les autres, groupés en troupeau devant l'ouverture déchirée de chez moi, et il les repousse sans ménagement loin dans le corridor. Il revient, seul.

— Tu ne peux pas nous faire ça, dit-il avec un sérieux teinté de sarcasme. Qu'est-ce qu'on va faire sans toi, tout seuls de l'autre côté de ta porte ?... T'es le centre du monde, tu le sais, le seul qui reste là pendant que tout crisse le camp.

Il raboute tant bien que mal ce qui reste de la porte. Il sait que je le regarde, qu'il se trouve à l'épicentre de tous les bouleversements. Il attend sans hâte que je charge dans sa direction.

Je compte sur toi, Mortimer, lui dis-je, je compte sur toi pour réparer ce qui se répare et me construire une porte inexpugnable en remplacement de celle-ci que tu viens de démolir, je compte bien sûr qu'avec ta célérité jamais démentie tu me fasses le travail d'ici quelques heures et m'installes un double verrou plus résistant que le premier, et qu'après tu refermes derrière toi cette nouvelle porte infranchissable et que vous vous en alliez au diable, tous.

— Moi aussi ?...

Toi surtout, Mortimer.

— Tes désirs sont des ordres, persifle-t-il.

Sa voix sonne faux. La mienne aussi. Mais je poursuis dans ce chemin rempli de ronces où je m'érafle au sang moi-même, j'attends que son regard rencontre le mien pour affirmer que je ne veux plus les voir ici, personne, jamais, et puisqu'il me regarde sans ciller j'ajoute que c'est à lui que je m'adresse particulièrement, à toi surtout, Mortimer.

— Je t'entends, dit-il, et il marque une pause, sans me quitter du regard. Puis-je t'envoyer des cartes postales, au moins, gouaille-t-il, si d'aventure je pars en voyage ?

Je ricane. Un voyage, Mortimer, toi hélas qui ne pars jamais, toi plus stagnant qu'une tique, plus lancinant qu'une fièvre paludique, où pourrais-tu aller ?...

— La Mongolie m'intéresse, dit-il froidement, ou les rives du Zambèze, ou les dépotoirs de Calcutta, il y a plein d'endroits folichons dans le monde.

Le plus loin sera le mieux, lui dis-je avec une conviction redoublée, le plus loin et le plus tôt, et le plus longtemps possible. Tant qu'à faire, tu m'achèteras ces toiles avant de partir, tu as bien acheté les autres qui doivent pourrir dans quelque recoin puant de ton atelier, tu m'as bien eu avec ce pauvre Julius que je prenais pour un mécène, tu m'as eu, Mortimer, mais tu ne m'auras plus jamais.

— Je savais bien qu'il finirait par s'ouvrir la trappe, soupire Mortimer, le gros christ, je le savais. C'est ça qui te met dans cet état ?

Je m'approche de lui jusqu'à le toucher presque, mais pas tout à fait pour ne pas sentir à travers le bois mort de mes jambes le sang chaud des siennes, je m'approche suffisamment pour lui donner envie de reculer mais il ne recule pas, il ne recule jamais. Ma voix s'en va toute seule, petite créature méchante et autonome qui fonce et tente de crever les yeux, le cœur. Dans quel état ? de quel état parles-tu donc, Mortimer, sois clair, fais-tu allusion à mon état en général ou à celui d'aujourd'hui, je ne comprends pas bien ce qu'a de singulier mon état d'aujourd'hui, ce qu'il a de différent de celui des dix-huit dernières années de ma magnifique existence, le trouves-tu plus désespérant moins abominable plus olé olé moins au ras du sol ? il faudrait me le dire car d'en bas vois-tu je manque un peu de perspective, dis-moi dans quel état tu me trouves aujourd'hui, des fois que ça me servirait à grandir comme on dit chez les femmes, des fois que ça me donnerait une couple de centimètres de plus.

Il sait recevoir et assimiler les cris, les coups et le désespoir quand il est hurlé, mais cela, cette détresse glacée que je lui déverse calmement, il ne sait pas quoi en faire, il pâlit, la veine de sa tempe gonfle et s'affole, il tente de s'écarter pour se rendre au frigo.

— Tu dois bien avoir de la tequila, dit-il.

Mais je le retiens par le poignet, non, Mortimer, pas de tequila, aujourd'hui nous opérons à jeun, sans anesthésie locale. Tu as voulu entrer de force dans la salle d'urgence, alors tant pis soulève les draps et regarde, les signes vitaux sont en bon ordre puisque je travaille, c'est tout le reste qui est défectueux, quand je lève la tête et qu'il y a toi et les autres qui vous acharnez à bouger et vivre devant moi et qui venez me tirer de mon travail pour me dire : regarde comme je bouge et je vis et je m'en vais pendant que tu restes, c'est insupportable, Mortimer, tu peux peut-être comprendre à quel point, voilà pourquoi ma porte doit demeurer dorénavant scellée comme un tombeau jusqu'à ce que je ressuscite et marche ou crève.

Il m'arrache son poignet, il le masse un moment en se mordant les lèvres.

— C'est très bien, dit-il. Travaille, c'est excellent que tu travailles. Je vais manœuvrer pour que personne ne se pointe ici pendant que tu travailles. Je reviendrai dans le courant de la semaine prochaine.

N'entends-tu pas, Mortimer, lorsque je vocifère ?... Ne reviens pas, je te dis, ne reviens jamais.

Il me regarde un moment, il ne croit pas ce que je dis, et il est vrai que j'invente tout à mesure, je

cherche des mots susceptibles d'ébranler les fonda-
tions et de tout jeter par terre et ils arrivent aussitôt,
terriblement dociles.

— Tu sais bien que c'est impossible, dit-il som-
brement, tu sais bien que je ne peux pas faire ça.

Christ, Mortimer, si tu ne peux même pas faire ça
pour moi, à quoi m'es-tu utile, que peux-tu faire pour
moi ?...

— N'importe quoi d'autre. Tu le sais. Demande-
moi n'importe quoi.

Sa voix est altérée, souffrante. Et je le pousse,
puisque c'est un jeu qui se joue sur la brèche, à
quelques centimètres du précipice, je le pousse dans
ses retranchements et je l'insulte comme je sais si bien
le faire, qu'as-tu jamais fait pour moi, que m'as-tu
donné, des miettes de survie, des aumônes clandestines, de la bouillie de maïs pour le Tiers-Monde,
salaud de Mortimer qui vis pendant que je me meurs,
N'IMPORTE QUOI dis-tu montre-moi ce n'importe
quoi, tes phrases vides empestent l'impuissance je
veux des gestes je veux des actes, regarde ce couteau
Mortimer dans la cuisine sur la table, la tranche est
effilée glissante comme une autoroute la nuit sur
laquelle un camion chavire, n'importe quoi dis-tu,
prends ce couteau Mortimer et tranche-toi les veines.

Il ne bouge pas, bien sûr, et je me détourne pour
donner à ces mots insensés le temps de disparaître,
puis il bouge, si vite qu'il est dans la cuisine avant que
je le réalise, le couteau brille dans sa main droite, le
sang coule de son poignet gauche, et je fonce sur lui
de tout mon poids métallique, je lui fauche les jambes
et il tombe, le couteau repoussé loin dans ses lueurs
d'acier et de sang. Je le gifle tandis qu'il gît à ma
portée, je le gifle puis je l'étreins, fou de Mortimer, et

je presse contre mon visage son poignet blessé pour qu'un peu de son sang se mêle à ma salive, fou, fou de Purple.

Une fois, on roulait, mon ami Purple et moi, dans ce camion fou fonçant dans la nuit verglacée à la poursuite de notre amour, soudain les yeux d'un animal au milieu de nulle part et le pied de Purple à jamais trop tard et trop prompt sur les freins, et un moment après on ne roulait plus, dans le silence paisible du Big Bang on ne roulait plus, j'entendais Purple se lever des décombres et jurer de sa voix intacte et dire ça va, Max, est-ce que ça va ? je ne sentais rien, que l'immobilité de la nuit s'abattre sur moi sans douleur, ça va je disais ça va, je ne sentais rien, que mes jambes pulser au loin de plus en plus loin comme une bête familière qui a rompu sa laisse et s'enfuit.

Il se relève, intact en apparence cette fois encore mais démoli à jamais, il se relève et je lui panse le poignet. C'est tout ce que je peux panser de ses plaies meurtrières, lui qui traîne mes vertèbres cassées comme un boulet, lui plus mutilé que je ne le serai jamais. Je lui dis : « C'est dommage finalement que je ne sois pas mort, cette fois-là. C'est dommage pour toi. » Il dit : « Ta gueule. Verse-moi de la tequila. »
Puis il dit, sans me regarder :
— Elle est revenue. Elle est venue chez moi, il y a deux mois, juste avant mon vernissage.
Je me tais, visage de faux marbre et cœur épileptique.
— Elle voulait je ne sais trop quoi. Faire la paix, j'imagine. Elle voulait même ton adresse. Pour

renouer, comme si de rien n'était. Renouer, christ ! Je savais qu'elle se repointerait, je savais qu'elle aurait l'approche de la quarantaine nostalgique. Je l'ai crissée dehors. J'ai bu comme un trou, après. Elle a toujours eu une façon de s'en aller qui donne le goût de la rattraper. Quand j'ai les deux mains dans le sang, dans la viande des bêtes que je suis en train de sculpter comme un malade, je pense à elle, toujours, je pense à l'animal qui était là en face du camion, je sais que c'était elle, déguisée en animal, en plein milieu de la route pour nous empêcher de la poursuivre. Je vais finir par lui faire la peau, si je peux le saisir, le sculpter en face de moi, ce christ d'animal-là, en viande, en fer, en papier mâché, en hologramme, en n'importe quoi, je vais lui régler son cas, il ne reviendra plus jamais la nuit dans mes cauchemars. Mais je suis trop mou, encore, pas assez fort, il faut que je travaille, il faut que je me discipline, il ne faut pas que je fasse la paix, il faut que je sois comme un chasseur qui traque le dragon, le dinosaure, sans jamais me reposer, jamais.

Il ferme les yeux, un moment. Son verre est si incliné qu'il s'en échappe des gouttes, un filet qui va se perdre à ses pieds comme un sang clair.

— Comment tu fais, dit-il à voix basse, comment tu fais pour ne pas me haïr autant que je me hais ?

Oh Mortimer, tu aurais dû la garder un moment près de toi, pauvre Lady souffrant elle aussi du passé régurgité, tu aurais dû la garder assez longtemps pour que tu sentes que c'est fini. Ne sentiras-tu donc jamais que c'est fini, que tout glisse vers la sortie, même la culpabilité dévorante ?...

Je prends la main de Mortimer, prendre la main de Mortimer est une chaleur énorme même si sa peau a toujours froid, j'entraîne Mortimer là-haut dans l'atelier. Je l'oblige à s'asseoir parmi les toiles qui s'acheminent vers leur issue. Il voit que je veux le peindre, il se lève, il jure, il ne veut pas, il n'a jamais voulu et je ne l'ai jamais exigé. Je sors les couleurs, peu de couleurs pour lui, du blanc du noir, du vermillon et de l'ébène pour la terre de cassel, puisqu'il me faut le ressusciter. Assieds-toi, Gérald Mortimer, enlève tes vêtements et bois au lieu de protester, je te veux nu, rugissant et infernal car il faut bien que je te vole ton âme un jour ou l'autre afin que nous soyons quittes, assieds-toi que je te peigne abandonné et libéré pour une fois, mon vieux mon cher mon exécré Purple, mon plus que frère.

AUTOPORTRAIT
EN HOMME INVISIBLE

C'est un tableau impressionnant. Il fait cent mètres de long et presque autant de large. Il héberge toutes sortes de personnages, la plupart entiers et remuants, quelques-uns immobiles, en pièces détachées sur des toiles. Le sujet de ce tableau est vite perceptible : on voit qu'il s'agit d'un vernissage, dont les personnages entiers sont les invités et les autres, en pièces détachées, les œuvres.

Les invités, pâles et gracieux sous leurs vêtements chauds, rôdent parmi les œuvres encadrées en grignotant des choses minuscules, rient en montrant leurs dents blanches, boivent dans des coupes qui leur prolongent harmonieusement l'avant-bras. Les œuvres bien entendu ne bougent pas, mais tout en elles, dans l'étroitesse de leurs cadres de bois, proclame le mouvement et la grandeur du dynamisme humain : des têtes de femmes dorées lancent des éclairs, des torses blancs énormes ploient comme des roseaux, des jambes rougeoyantes gravissent, muscles proéminents, des sommets invisibles, des sexes d'hommes s'érigent hors de la pesanteur, des bras tendres enserrent jusqu'à étouffer, des mains noueuses pleurent refermées sur elles-mêmes.

Si l'on s'approche du centre du tableau, on distingue parmi les invités le très sombre Gérald Mortimer, officiant comme un guide au milieu d'étrangers, et, formant avec lui une diagonale, la très belle Maggie regardée par tous mais ne regardant que lui. On aperçoit Pauline qui tient Laurel par les épaules et Laurel qui accepte de se laisser tenir, et le dos fessu de Julius Einhorne battant en retraite avec effroi, et Julienne circulant avec légèreté sous des monceaux de nourriture qu'elle offre à tout venant. L'on voit des inconnus qui, feignant d'examiner les œuvres, s'approchent irrémédiablement du centre du tableau, des inconnus qui bientôt ne le seront plus puisqu'ils voudront traverser les dédales d'escaliers puants pour venir dans l'atelier du peintre abandonner leurs détresses et leurs vies trop mobiles.

Si l'on s'approche du centre du tableau, on se trouve devant une toile immense, qui est l'aboutissement de toutes les précédentes : elle a rassemblé les membres dispersés et leur a donné un corps total, triomphant. Aux pieds de la toile immense, il y a un homme assis que les autres cachent, un accroc statique dans la polyphonie des mouvements, une chose sur une chaise qui pourrait être moi. Pourtant, je ne suis pas sur cette chaise. Je suis debout dans la toile immense, j'ai la tête ensoleillée de Maggie sur le torse impeccablement pur de Julius Einhorne, j'ai le sexe de Mortimer qui ne faiblit jamais, les mains noueuses de Julienne et les bras de Pauline, j'ai les jambes puissantes de Laurel. Je regarde vers la fenêtre où quelqu'un qu'on ne voit pas a disparu, et tout à coup je me

détache de la toile, par-dessus les verres, les rires, les
corps qui remuent et les choses qui ne bougent pas, je
me mets à courir, sur mes jambes rouges invulnérables
je cours pour échapper à ceux qui m'aiment, je cours
je cours.

Merci à Jana Sterbak et à ses «robes de chair», qui ont inspiré les dernières œuvres de Gérald Mortimer. Merci à Patrick Fougeyrollas pour sa troublante thèse d'anthropologie sociale: *Entre peaux: Logis de la différence.*

M.P.

TABLE

Typographie et mise en pages :
Les Éditions du Boréal

Ce huitième tirage
a été achevé d'imprimer en octobre 1994
sur les presses de l'Imprimerie Gagné
à Louiseville, Québec